目送流水

宁红瑛 著

YUANFANG 远方出版社

图书在版编目（CIP）数据

目送流水 / 宁红瑛著．-- 呼和浩特：远方出版社，2022.12

ISBN 978-7-5555-1798-6

Ⅰ．①目… Ⅱ．①宁… Ⅲ．①散文集－中国－当代 Ⅳ．① I267

中国版本图书馆 CIP 数据核字（2022）第 237344 号

目送流水

MUSONG LIUSHUI

著　　者　宁红瑛
责任编辑　云高娃
装帧设计　心思育
出版发行　远方出版社
社　　址　呼和浩特市乌兰察布东路 666 号　邮编 010010
电　　话　（0471）2236473 总编室　2236460 发行部
经　　销　新华书店
印　　刷　三河市南阳印刷有限公司
开　　本　710 毫米 ×1000 毫米　1/16
字　　数　140 千
印　　张　12
版　　次　2022 年 12 月第 1 版
印　　次　2022 年 12 月第 1 次印刷
标准书号　ISBN 978-7-5555-1798-6
定　　价　60.00 元

作者简介：

宁红瑛，就职于国家广电总局七二六台。云南省作家协会会员，户外爱好者，一个用图片和文字记录生活的人。文章发表于《散文选刊》《海外文摘》《边疆文学》《大地文学》《上海文学》等刊。其中《母亲想要的那块紫色头巾》荣获2016年《散文选刊》散文年度二等奖；《在拉姆拉措》荣获2018年《散文选刊》散文年度“十佳”散文奖；《奎屯的阳光》选录建国七十周年精品文学《瞬间或永恒》；《草木间的一段往事》等多篇文章选入2021年当代名家作品散文卷。多次荣获曲靖市精品文学奖。

世界背后的世界（序言）

文 / 李朝德

宁红瑛的作品是安静的，值得一读的，会让我们得到一些收获与启示，在一定程度上能缓解我们的焦虑和迷茫。她的作品，可以让我们看见世界背后的世界，生活背后的生活，人生背后的人生。

她的散文主要由三部分构成。

一部分是在自然中的发现，行走中的感悟，比如《在去向乞力马扎罗雪山的路上》《那一夜，我登上了乞力马扎罗雪山》《最美的时光在路上》等。

写自然山川的人很多。写这类文章看似简单，实则很有难度，最大的问题是一不小心就会变成对自然风景的描绘，个人行走中的感想，变为同质化严重的游记类散文。游记类散文并没有什么不好，但如果作者没有细致入微的体验，没有独特的生命发现，读者的阅读兴趣就会大打折扣。道理很简单，如果用文字记录风景，再精妙的描绘也没有高清照相机来得实在。所以写文章时，作者没有新奇的发现和独特的感悟，很难让读者跟随自己内心的情感节奏。

而宁红瑛的行走和感悟，就像平地起惊雷，带来了新的气象。她的这类散文切入点通常都很小，但往往蕴含着对人生、对生命、对宇宙万物的独特发现和思考。看她的作品，我总是想起两个女性作家，三毛与张晓风。宁红瑛的散文没有刻意粉饰，随意而散淡，却在不经意间有独到的感悟，情感也是柔韧中透着刚毅和不屈。

其中，《那一夜，我登上了乞力马扎罗雪山》写得惊心动魄，作者在向着五千八百九十五米高的乞力马扎罗雪山冲顶的过程中体会到了："对登山者来说，除了生死，其他都只是擦伤。"当历经生死终于冲顶成功时，那一刻生命也得到顿悟和升华。这些文字非常优美而有哲思，登上山顶时："我感觉自己就要飞起来，有一种来自天地宇宙的释然，想跪拜、想坐化、想哭……想静静仰躺于天地之间。琴声从远处传来，木鱼声从高空飘来，诵经声叩拜声此起彼伏，马啸、鹿鸣、婴儿的啼哭。惊喜！惊奇！惊魂未定的迷乱，迷乱得让人手足无措，不知该歌该舞，该叫该哭，还是该回归到柔软的寂静中去……"

另外一部分是写亲情、友情的疼痛冷暖的散文，如《母亲想要的那块紫色头巾》《我与父亲》《婆婆》《写在父亲的七十岁生日》《我们的世界》《写在女儿生日这天》。这些文字风格独特，字句间温情款款。这些文字兼有女作家毕淑敏的特点，细腻温婉而又不乏见地。

在当下，写亲情的散文同质化严重。在写这类文章时，最大的难度在于一方面要写出自我，也就是有别于其他人眼中的母亲、父亲、女儿、婆婆；另一方面在于读者从你的文章中可以读出或者看见自己母亲、父亲、女儿、婆婆的影子。这就需要作者打通二者的秘密通道，让读者看见、听见并在文字中想见和遇见。这就需要作者对生活要有足够的认知和感悟能力。

宁红瑛的散文可读性和完成度都非常出色，比如《婆婆》，开篇第一句话就抓住了读者：“婆婆从数百里外的省城赶到我们生活的地方，是因为我和她儿子第一次起诉离婚，和她一起赶来的还有她们老家有头有脸的亲戚。婆婆那晚说了好多，她把一个母亲的心全都掏了出来：‘都是我的错，是我没教育好……也怪我无用无能，这孩子怎么不学好啊？’”婆婆捶打着她的儿子，也捶打着自己。

这篇文章层次丰富。有婆媳之间的温情，也有双方认识方面的冲突和误解。

“几十年中，她或许也和我一样用尽菩提之心去引渡，去泅渡，祈求、哀鸣、悲痛、绝望，更多的时候是期待。我们都站在彼岸等花开。输了，她输了，我输了，我们都输了……婆婆可以牵着我的手去买菜，也可以牵着小娟的手去逛街，婆婆牵我手的前提是她儿子还牵着我的手。她儿子发自肺腑地说过‘亲爱的’和‘我家小玉’，就像碍眼和怨恨都真实存在一样。”

这样的文字读来质朴真实，作者对生活的阅读和透析能力让人叹服。

宁红瑛的另外一大优点，就是贴地体察人间的温情与苍凉，这些文章，写自己也写别人，如《大山的守望者》《奎屯的阳光》《老马如花的世界》《草木间的一段故事》。她写这些文章并不是以一个旁观者的角度来写，而是以一个参与者和同行者的角度来诉说，要么以极大的悲悯俯瞰芸芸众生，要么踽踽独行体味人世的悲欢离合，看世间的烟火飘向远方，体验人与人之间俗世的尘缘，了悟生命的卑微与伟大。

以前我对云南女性作家的散文印象是细腻有加，开阔不足。这次阅读宁红瑛的散文作品，让我有了新发现，首先是文字上并无精雕细琢的痕迹，也无女性的小情怀小伤感，文字大开大合，显得气象万千，甚至有些文字显得粗粝而有质地，比如《在去向乞力马扎罗雪山的路上》，从文字间就能感受到高原湖泊的寒冷清澈；在《那一夜，我登上了乞力马扎罗雪山》，从文字间就能感受到来自雪峰顶上拐角处强劲的寒风。

有的人说，男性散文是向外的写作，而女性散文是向内的写作，但无论是男性还是女性的散文写作，思想都是最深刻的武器。这种难度体现为生活深度、思想高度和精神力度，无论是在思想的开掘上、文体的拓展上，还是表达的创新上、语言的提炼上，都要有更高的追求，尝试更多的可能性。一句话就是，散文就是散文，没有性别的区分，也没有地域和民族的区别，读者只关心阅读的感受和阅读的收获。

宁红瑛的散文恰恰让我看到了作为女性写作者对女性散文标签的突破，她的文字能够对生活本身进行准确的捕捉，真切动人且不落窠臼，完成了在自然行走中对生命本真的思考和回望。

出版之际，以絮叨的文字为序，权当击掌相庆与互相鼓励吧！

目录
CONTENTS

第一辑　人间

第二辑　生命

第三辑　我们

第四辑　记忆

第一辑　人间

在拉姆拉错

“有一种蓝，可以是曙光，也可以是暮色。这种蓝，适合种在心上。”我从未见过这样的蓝色，在去往五千多米的极寒极苦之地，满坡的龙胆花密密麻麻地雀跃在石缝之间，顶着冰碴却仍开得那般倔强任性，像一团团蓝色的火焰，一路沿着山坡向上奔跑，不知疲倦，不畏高寒。多年后，记忆中常常出现那片永不凋谢的花海。那抹蓝，纯粹、圣洁、高远，在我的脚下无限铺开，蔓延。

从山脚到雪山湖，一路上藏羚羊隐于低矮灌木中，在目极之处出现消失，消失又出现，像躲猎枪一样机灵地一次次躲过我的镜头。牦牛静卧于草地，不理会你是拍远景还是近景，随处都留下它们是草原主人的闲时惬意。从雪山流淌下来的小溪在河谷平缓处汇成一面碧绿的镜子，即使天气时阴时晴时雾，远山和云雾投影水中依旧让人感喟不已。

车辆激烈颠簸，扬起的黄灰淹没了朝拜者的身影，我依稀看见他们有四个人，其中一个是老人，一个是孩子。他们双手合十，高举过头，然后行一步；双手继续合十，移至面前，再行一步；双手再次合十移至胸前，迈第三步时，双手从胸前移开，与地面平行前伸，掌心朝下俯地，膝盖先着地，然后匍匐着地，额头轻叩地面……车驶出去很远，我忍不住一次次回头，看着他们慢慢变成移动的黑影，最后重叠成一个圆点，直到被山峦遮挡。

到垭口的时候，下起了小雨，风很大，弯急坡度陡，车停在群山最高处的一块平地上。我抬头仰望山脊顶端，目测不过三公里就能到达的雪山湖，那天我们足足用了两个多小时。在高海拔的雪山上行走，速度容易败给高反，即使徒步人也会因此而放慢脚步。我们边走边驻足回望，极目之处，一山接一山连绵不尽，远山和蓝天比肩，辽阔高远，如同打开书本翻开画卷，我刚把这句话说完，同行的队友就指着远处的群山对我说，那真是一本书，一本经书。这座雪山有个很美丽的传说，相传莲花生大师托付一只乌鸦将一卷经书带去雪山湖的琼果杰寺，乌鸦飞到这里的时候实在太累了，张嘴喘了口气，经书就掉落在群山上，于是群山顿时变成经卷的样子。这自然的神工远远超出传说。

这无字的经书，从扉页的青黛到次页的铅灰再到末页的土红，是浸染过乌鸦的血和汗吗？怎么会有如此绚丽的色彩呢？层层递进的色彩与高远的蓝天白云相和，一看就是摄影师拍大片的地方。有人不停地举着相机，搓着双手呵着气，走几步又回头，隔一会儿又举起相机，景还是这景，不同的是光影的律动，构图的角度，想复制在记忆里的心情。同行的地理老师给我们科普地壳运动的神奇以及地质构造的独特，据说，这片高原原来是一片汪洋大海。“蔚蓝云天千千缕，亘古沧海留不住。满目桑田空山远，水月镜花眷眼前。”莫辨桑田与沧海，任其风物改。

越往上走视野越开阔，海拔每升高一段，速度又明显慢下来。近距离俯视才发现脚下不仅有龙胆花，还有其他各色不等的细碎小花，挨挨挤挤从石缝中努力探出头来。因为它们个头稍逊，还是被龙胆花挡了镜头，所以从远处看只有一种颜色——蓝色。它们开了一季又落了一季，像朝圣者的足迹，来来又去去，在一个又一个的轮回里芬芳、美丽、涅槃、重生。可能因为一直跑着选角度拍照的原因，我举相机的手冻得生疼，有些晕眩，赶紧坐下来调整呼吸。一对当地的母子一直在我的镜头里，他们从山脚开始一路磕长头上来，母亲的衣衫有些褴褛，老远我就能看见两团高原红，小男孩儿跟随母亲其后，过于宽大的土红色衣袍随身体和山风起落。可能因为上山的道路狭窄，他们没有完整地磕等身长头，而是一起一落地跪下、站起，每次八十一个，九九归一。

从左面山坡过来两个背包客，大学生模样，登山包上挂满了垃圾袋，手上还拿着几个空塑料瓶和包装袋，一路捡拾垃圾。拍照的放下了相机，爬山的放慢了脚步，垒玛尼堆的手停了下来，就连磕头的人们也抬起了头……每个人都从不同的角度在向他们行着注目礼。捡拾垃圾的学生们没有在意，他们在以自己的方式修行。

我终于登上了雪山湖的顶端，站在海拔五千四百米的雪山湖后壁刃脊上俯瞰拉姆拉错湖。确实，它不足一平方千米，像遗落在人间的宝石，镶嵌在群山的臂弯，贴着大地的心窝。碧蓝的湖水不染铅尘，其他湖水也是一样的碧蓝，但它们的水可掬可捧，可远观可近看，而雪山湖的水神圣而神秘。湖水被谷壁陡峭、山脊狭小的峰脊环抱，周围是强烈寒冻风化形成的巨石岩屑坡，纵然是转山徒步人都很难抵达。大海是浪漫的，山湖是矜持的，而雪山湖，是绝世而独立的。

我虔诚地拍拍身上的灰尘，屏声静气地俯下身，有些小紧张，眼前的这面小小的湖水到底隐藏了多少秘密？承载过多少人的心愿？有人说如果第一次来雪山湖就看到湖水幻示的影像，一生就需要来三次，它分别代表了过去、现在和未来。我和它会有什么样的缘呢？在天空的尽头，澄明的湖水会给我什么样的启示呢？我目不转睛地看着湖面，唯恐遗漏任何的蛛丝马迹，偶尔有云朵在湖上方的天空移动，我忍住没拿相机。很长很长时间过去，我举在胸前的手都冻僵了，湖面还是纹丝未动，平静不语。我没有惊喜也没有失望。我只是从很远的地方来看它，反观自己的一生，得失成败都随风去。

此时我听到旁边有人在窃窃私语，一个说看到了日月星辰，一个说看到了头天晚上做过的那个梦。一个队友走过来紧紧攥住我的手，悄声和我说她看见了自己曾经失去的那个孩子，那是她唯一的孩子，也是丈夫和别人走后给她留下的唯一念想，蹒跚学步时那个孩子掉进外婆家旁边的池塘里，永远地离开了她。这个队友泪流满面久久跪在湖边，任我怎么拉都不起来……我揉揉酸涩的眼睛，一朵云从远处飘来又飘向远方，依然是平静的湖面。我的左前方，一位老人面向雪山湖平静地跪着，我不知道她看到了什么，我们来的时候她就跪在那儿，直到我们离开她还一动不动地凝视着湖面。这个传说召唤着许多人从很远的地方来，我以为，他们不只是为了看到前世今生和未知的世界。与其说是观像，不如说艰苦跋涉为寻找更好的自己，雪山湖朝圣的路更像人生路的缩影。

山顶比我想象得局促，想找个拍摄湖水的最佳位置要错开很多人，我不得不转过被经幡遮挡高出山脊一丈多的另一面山坡。正是这种穷极的狭窄和有限的空间移位，让我看到了一行数百人在几乎只够一人容身的山脊周围蠕动，双手扬起落下，身体此起彼伏，寂静的山谷中响起了木板摩擦冻土的声响。他们聚精会神地凝视着湖心，我看到了他们的眼睛就是这面澄净的湖水。“格桑花开了，开在对岸，看上去很美……雪莲花开了，开在冰山之巅，我看不见，却能想起来，想起来也一样的美。”此时我脑海里不知为何就想起了仓央嘉措的这几句诗。

转身下山的刹那，山脊上悬挂着的数不清的经幡和哈达，快要抵达天庭的高度。风过处，经幡猎猎，鹰翔于头顶，蜜蜂和蝴蝶在花间举着焰火，嗡嗡嗡的声音不绝于耳，我甚至可以听到它们体内燃烧的生命力，穿越生，穿越死，穿越绝美的高原四季，穿越肉体和灵魂将面临的一切未知的磨难，直至抵达道路尽头。

一个人的西港

太阳挣脱云层往下坠，像胎盘剥离母体，缓慢而艰难。光芒逐步内收、抱紧、拢圆，颜色由明亮到浅红再到深红，最后血色一样。

潮汐似乎静止了，又似乎喧嚣着去了更远的地方。云层不知何时退去，天空从湛蓝到明亮再到青黛，成为落日不同的背景。

落日圆满，红至通透，虚幻而又如此真切地挂在辽阔的海天之间，纯粹得令人难以置信，像一个传说。

一对夫妇面朝大海，相依而偎，他们似乎在说着什么，又似乎什么都没说。夕阳一点点漫过他们的脚背、膝盖、头发，停在他们的脸颊上。我看到了人间最美的愿景，我甚至看见了爱情，在黄昏日暮的西港。

我坐下来，坐在他们身边，落日不像在我的右前方，而是在我的心中。我默默祈祷。我不知要祈祷什么，只是双手合十。就在那一刻，我几乎原谅了光阴对婚姻的所有伤害。

是的，我独自一人背包来到了西港，在三月的这个黄昏。

这片有着梦幻海景、三色沙质的海岛，当地人称它为西哈努克。西哈努克有两个岛，高龙撒冷岛和瓜隆岛。上岛之前，西哈努克城里的旅馆服务生操着半拉子汉语，指着墙上的地图给我介绍岛上的情况。中途他顿了一下，问我要去哪个岛，刚好他翘起的兰花指落在我要去的高龙撒冷岛上。

高龙撒冷岛和瓜隆岛像两个皮卡丘小精灵，在地图上挥舞着小手对望，其中一个还踮着脚尖向另一个扮鬼脸。我莫名地笑了，服务生憋红了脸，以为我在笑他的半拉子汉语。

悄悄驻足在高龙撒冷岛的海滩码头，西港以盛大的落日迎接了我，整个海滩梦幻得让人眩晕，美得让人忘记天上人间。金色的海面，金色的沙滩，金色的船只，金色的人们，金色的童话世界。

目光穿行于各色人群，小狗边逗行人边撒欢，沙滩上人们玩球的笑闹声荡着盈盈水花，海边到处是人，他们在充分享受日光和海水。酒店吧台在落日的余晖里，人们喝着啤酒看着落日，幸福得像小狗一样。

一排排秋千立于沙滩，像通往天上的云梯，那个秋千上的少年，披着金色铠甲，上天，入海，如蒙太奇般梦幻。

岸上的红叶在风中飞舞，散落在沙滩和水面，像季节寄给大地的情书，也像西港这个季节特有的礼物。一切是那么的安静，一切是那么的欢腾。

落日慢慢掉入海面，光逐渐暗下来。潮起，河床运送着海水，向四面八方伸出灵动的舌头，直击、迂回、震颤，低吼着涌出堤岸，把一朵一朵的浪花掀翻，惊飞了堤岸上的鸥鹭。

人们开始陆续离开沙滩回到酒店。我和一个叫笨笨的女孩儿合住在海滩旅馆的大通铺，这是整座岛上我遇见的唯一一个同胞。一袭蚊帐将我俩和其他人分开，也是我们半私密的家，楼下有公共卫生间和沐浴室。

夜里似大雨敲门，也如小风击窗，清晨起来我和笨笨捂嘴暗笑，没下大雨也没下小雨，是昨夜潮涨潮落浪花拍击堤岸，入了梦境。梦中万顷碧波，千帆过尽。

醒来朝霞满天，我和笨笨沿着堤岸从西边的海滩走向东边的水域，像从她的童年穿到我的人生。一个敢给自己大好前程画休止符的女孩儿，一个为了远方辞工辞职的女生，内心该是怎样的笃定与自信。

寄居蟹灵巧地躲避着我们移动的轨迹，在沙滩上绘出一幅又一幅的写意画。老夫聊发少年狂，我去追逐它们，在躲闪与追逐之间，我和寄居蟹一起画沙画，和笨笨一起唱“还有一位老船长”。

黄昏时分，笨笨离开西港去了更远的远方。

走吧，我们都是路上的人，记得交汇处我们曾给过彼此一缕光。

我去了高龙撒冷岛背面的海滩，寻找一个叫睡眠树的旅馆，那是我出发之前订好的帐篷酒店。如果要去那里，必须从码头翻过丛林。高龙撒冷岛是一条狭窄的山脉，横卧于海上，穿越那片丛林就成了去这个神圣的地方进行的一种仪式。

夕阳照耀着山冈，我的影子在风中轻轻摇晃，整个森林只有我，我有一种暴殄整片森林的感觉。万物在吟唱，它们的歌声有一种穿透灵魂的悠长，那是把时间拉深，把空间无限推开的舒缓，凸出地面的树根像童年的皮筋，让我上下左右翻跳。

在荒野，野花寂静生长，光影在树与树之间起伏，移动……

找到这个睡眠树旅馆，同样费了很多周折，我无法用英语准确表达酒店订单的详情。这种吃力已经延续了六天，从进入柬埔寨开始，从泰国中转落地签时开始，我有一种无力应对的感觉。

从吧台里伸出头接待我的，是一个具有欧美轮廓的小伙子，他看我比画时摇头或点头，向我表示歉意。后来他示意我坐下，用英语告诉我已经到家了，让我用九美金的标准去挑一个沙滩帐篷。终于，我住了下来。感恩在有人性光芒的地方，让我无惧于任何无可预测的未知，每一个诉求都得到耐心解读，每一种不踏实都得到妥帖安放。

我在柬埔寨的西部，一个叫高龙撒冷岛的海滩帐篷酒店小住了四天，学寄居蟹画沙画，学贝壳追赶浪花，学蝴蝶晒翅，跟着小狗漫步……躺在沙滩上，灵魂随白云放牧。从太阳穿透云层到降落，从取景点的选择到构图，我不遗漏任何细节。

在海边跑着的几个小孩子，日落时进入我的镜头。他们每天早起，从父母清扫的垃圾里捡出易拉罐，存放在另外的袋子里等着卖钱。

今早在酒吧露台，其中一个男孩儿吃着的那块面包，是我昨晚嫌硬扔进垃圾箱里的。他本能地用手抖动那只快到嘴边的蚂蚁，突然看到我从对面走来，那块面包掉到了地上，他拣起面包以寄居蟹的速度奔跑，在几米之外停下来咀嚼。

第二天，我早起候着男孩儿到来，把一个干净的面包递给他，他跑了，以寄居蟹的速度。我没有去追，我把面包交给岸边的那块岩石，后来我看见他坐在岩石上边吃面包边看我拍照。第三天，我把面包搁在同样的地方，他没有来。第四天，他也没有来，我忍住没问他低头清理海滩的父亲。

西港清晨的海是温柔的，它静静地依在礁石的臂弯，阳光洒在海面。岩石上的贝壳在慢慢移动，俯身去摸它，它像磁铁一样吸在岩面，把头又缩回壳里。我脚步一靠近，螃蟹就躲开，躲在阴凉的那一面。我走远，它们就爬到石头上晒太阳。我走近，它们又以极快的速度躲起来，像捉迷藏一样。

还有很多龙虾在石头上爬来爬去，它们有极长的触须，之前我只在餐桌上见过，我们都吃惊地打量对方又迅速逃离，我怕它的触须伸到我的脚上，它怕我的镜头伤害到它的触须。

我在礁石的缝隙处捡拾塑料袋、易拉罐，我把那些眼里容不下的白色垃圾送进岸上的垃圾桶。我借此来来回回观察，伺机拍照。沙滩上的蟹长成白色，海里的蟹长成红色，礁石后的蟹长成褐红色，每一种蟹都有自己的保护色，就像我们以不同的身份混迹人世。

我通常是用传统的泳衣把自己包裹严实，连脸都用帽檐遮起来。而许多游客穿着泳衣躺在沙滩上，或徜徉在海里，几个小时，一天，两天，阳光热烈地抚摸着他们每一寸肌肤。他们在水上旋舞，踩水、蛙泳、蝶泳、浮潜……在这儿，文化与习惯的迥异，不断打开我认知的维度。

那个满头银发的老人随潮起潮落的节拍在海水与海滩之间不停地奔跑、嬉戏，嘴里叫着一些童年时说过的词语。老人的裙摆在水里开出一朵一朵的浪花，一朵碰碎另一朵，调皮极了，此时我从镜头里看见的，分明是一个少女。

傍晚，我赤脚沿着海岸线行走，浪潮席卷着浪花怒吼着，一次次扑向我，像母亲怒吼着扬起鞭子，又无奈地落下。我喜欢靠近欢乐，也珍惜痛苦的爱抚。

躺在沙滩，望着无涯的海面，灵魂随星辰放牧，月光、沙滩、海浪，除了仙人掌，都如歌手一般在吟唱。透过挽歌般安详的风浪，寻到一种难得的宁静与温馨，如兰花般美好。

我只带着自己来，没有孤单。我脑子里通常只有一根弦，弹不出五色的琴音，但为了这美妙的夜晚，我想成为自己的海上钢琴师。

海面上，一直泊着一艘船，没有人知道它停留了多久，没有人清楚它的主人是谁，它的主人又去了哪里，就连原住居民也说不清它的由来。没有人去移动它，它就像长在这里的一棵树，钉在这里的一个桩。白天运送日月，晚上装满星辰，日复一日，它等待着每一天，像在等它的主人，抑或是我。

太阳升起落下，河床日夜运送着海水，也运送着给岛上补给食物的船只。我固执地认为每一天的朝阳和落日都是不一样的，它要告诉我的意义也不一样。我每天都在等待，每天都在送别。

阳光一点一点漫过海面，漫过沙滩，这片海域又沐浴在金色的世界里。金色的大海，金色的沙滩，金色的童年。在西港，就连寂寞都是金色的。

在去向乞力马扎罗雪山的路上

1

午后，非洲，马赛马拉草原，阳光热烈。

告别纳库鲁湖的火烈鸟，回到住所，阳台上驻足着一只不知名的鸟。看到我回来，它稍作迟疑，才慢慢起身飞走。爬完乞力马扎罗雪山才三天，却有隔世之感。连日的攀爬让我的身体像被抽空一样虚弱，此刻，我需要一壶老茶，坐下来慢慢回忆山中的经历。

2

“乞力马扎罗雪山是非洲最高峰，一座冰雪常年覆盖的山峰。它的西峰在马赛语里被叫作恩伽耶，神之居所。西峰附近有一具风干的花豹尸首。”海明威在《乞力马扎罗的雪》里如是说。

花豹跑到终年积雪的山上去干什么？花豹背后隐藏着怎样的故事？我常常被海明威的情节带入无边的想象……广袤、荒凉、无垠的沙漠中，一个穿着彩色袍子的人眺望着远处的狮子和羚羊。更远处，一座雪山拔地而起直指天际。

直到有一天在朋友圈看见驴友攀登乞力马扎罗雪山的场景：五千八百九十五米高的白雪皑皑的山上，一群登山者行走着，万道金光穿过他们的身体，带着光芒，雪地上留下他们深深浅浅的足迹……我的目光久久停驻在这里，忽然就有了向往，向往着有一天我也能用自己的双脚登上这座既是雪山又是火山，号称“非洲屋脊”的独立式山脉，我想去看看那只风干的花豹，还有“神之居所”。

有了这个想法之后的每一天，我似乎都能听得到乞力马扎罗雪山在呼唤。于是我开始攒团费，这是每一次长线出行前最大的问题，而非洲之行又是一笔不菲的开支。在长达三年心心念念的等待之后，我终于得偿所愿，对“远山兄”与日俱增的思念，在一千零一夜中日月可鉴。

3

从迪拜飞肯尼亚，再坐长途汽车到坦桑尼亚，一天穿越三个国家。在非洲，很多的道路都是中国援建，让我们这些异乡游子有一种赠人玫瑰，手留余香的自豪感。路两旁是非洲特有的刺槐，十分高大，树枝上挂满“果实”，其实是鸟窝。同行队友说，来非洲搞建筑最成功的是小鸟，一棵树一个楼盘，建别墅、建单元房、建空中花园、建吊脚楼，一路都是它们的特色景观房。两旁的村镇和城市像极了中国二十世纪七八十年代的乡街子，就连那些扬起的灰尘都是如此的相似，我们仿佛行进在老电影的场景中。

天与地显得好近，汽车仿佛向空中开去。突然，人们停止交谈，望向左前方，只见百米之外，上百只羊正集体被宰杀。远处，更多的羊没有奔逃，而是在回望。车子平行于宰杀现场的瞬间，隔着玻璃我都能闻到血腥和死亡的味道。天渐渐暗下来，冷风吹散了白云和另外还活着的羊。风声如泣，和远处羊群的声音混在了一起。

窗外的赶路人大部分是头顶物什的非洲男人，细细的脚杆从长袍下伸出，光脚踩在沙地上。

树木越来越密集，视野里有了更深的绿意，比树更高的仙人掌逐步替代了刺槐。视线里密集的村庄错落有致，这就是坦桑尼亚的墨西小镇，离乞力马扎罗雪山最近的小镇。晚上我们就在这里安顿，刚好可以远望乞力马扎罗的山顶，以及山顶上的积雪。更让人惊喜的是，小镇上还有四川火锅。不得不叹服四川人的厨艺，到哪儿都能够征服人们的味蕾。从某种意义上来说，饮食文化的传播比思想更有力量，毕竟民以食为天。

回到酒店，领队再次和机场确认，我们的托包还滞留在迪拜，所有登山装备都在托包里。是的，我们有十一个人的托包未到，也就是说，到了出阁的吉日，嫁妆还在邻村的舅姥爷家隔着洪水过不来，什么时候过来洪水说了算，因为所有的桥和路都在修建中。领队告诉我们，非洲人的办事效率比较低，要拿出磨玉的时间来等。

幸好，这个小镇上还有一个出租装备的店铺。很多选择源自你无从选择。店铺里，只有山难者的遗物、登山人的弃物，还有大三码的登山鞋、贴身的速干衣和宽大的保暖衣。我一只手挑拣充斥着各种体味的衣物，一只手捂住发呕的嘴巴。讲究的前提是有得选，没有选择的时候，谈喜欢与不喜欢、适应与不适应都是矫情。对我来说，只要可以登雪山，就是大三码的鞋子也认，不认就意味着在乞力马扎罗山脚下放弃了攀登，不穿就意味着迎亲的唢呐已经到了楼下，却因为嫁妆不齐而放弃出嫁，而我要嫁的恰是几年来心心念念的“远山兄”。

这些年，户外运动带给我的最大收获就是适应，适应红酒里的情调，适应荒野里的将就，适应绝世美景，也适应常人无法忍受的艰难困苦。最终，我穿着用一百二十美元租来的来自各个国家的旧衣物，来到了乞力马扎罗雪山徒步路的起点。

4

起点是一条成熟的徒步线路。

我从来没有想到，非洲会有这么高密的森林，就像从来没想过沙漠里会有泉水一样。树枝都以伞状撑开，枝枝相连，密密相扣，阳光透过枝杈投射着迷人的光影。空气里弥散着森林的芳香，还有终年遮天蔽日下腐叶的气息。树干上长满了青苔、衍生植物和岁月的胡须，这些胡须在风中飘舞，像时光毛手毛脚挂上去的丝带。这条道路无比幽深，不沾染一丁点儿尘嚣。

一只小灵猴从一个枝头跳到另一个枝头，它长着像小松鼠一样毛茸茸的尾巴，极顽皮地躲着镜头，让你心心念念又怅然若失。偶尔传来的响声是溪水在道旁跌宕欢快，溅起的水花像眸子里的泪花，似涌非涌。空气像溪水一样清冽，溪水像时光一样流淌。路上来来往往的背夫和驴友像飞进去的鸟，刮进去的风，一会儿就没了踪迹。

这条路是静谧的，同时也是户外人的集结地，像华山论剑的华山，像文人会友的兰亭。我们时不时就会遇到上来下去的不同国籍的登山者，相遇时会对视一笑，道一声“酱帛”（非洲问候语“你好”的意思）。

我没想到第一天走得如此轻松。当晚我们都有些兴奋，运动后所有细胞被调动起来了。恰逢队友小敏过生日，在山里，我们只能以水代酒，说一些祝福的话。一个意大利小伙子也加入了我们，他极绅士地在小敏的额头上吻了一下。队友们的起哄声让星河都激起涟漪。

晚餐通常很晚才吃，晚到眼睛都开始打架。上菜间隔很久，吃完一道菜，大家饿得敲碗，下一道菜才上来。吃完一道上一道，这样按部就班地用餐，是非洲的习俗。虽然有些过于机械，但他们不会偷工减料，不会落下任何一道程序，每道菜都很精细。经过他们的用心烘焙后，汤和粥都很好喝。

在八个人一屋的高低床上，在租来的睡袋里，我居然睡了个好觉。一觉醒来是坦桑尼亚时间五点，天将亮未亮，我蹑手蹑脚地披衣下床，在去厕所的路上，看到星星缀满树梢，蛙声和鸟鸣奏起优美的乐曲，它们在和谐吟唱。

多么广袤而温柔的自然之夜啊！

因为我的突然出现，树枝上的小灵猴们显得有些无措，从一个枝头跃向另一个枝头。虽然我只看见它们的影子，但彼此都感到了欢悦。

早餐超出意料的丰盛，从蛋白质到维生素，再到抗饿的面包、面饼、香肠，就连口味都是熟悉的那种。纯正的可可粉、巧克力粉、奶粉、蜂蜜、果酱、芝麻酱，你可以自由搭配。还有土豆，和家乡的土豆一样好吃。

丰盛的食物让一部分人都不需要再带午餐。不少人选择喝掉果汁吃光鸡块，把面包一类食物交给背夫，这也是一种省脚力的小诀窍。登山人开始偷懒的时候，要么是体力不支，要么是为登顶保存实力、积蓄力量，我属于后者。

5

接下来这一段是通向乞力马扎罗雪山最惬意最欢快的时光，海拔与身体相适，风景与美食相宜。我像小灵猴一样在林子里跳跃狂欢，队友们也都渐渐熟络起来，说着一些不荤不素的闲话，谈着不同线路上的风景以及新老驴友的趣事。

刚从秦岭回来的黎姐，大家都叫她鳌太姐。这个退休以后才开始踏上户外之途的女汉子，在浓雾、暴雨、负重、失温的情况下，成功穿越了鳌太。鳌太，是纵贯鳌山与太白山的秦岭主脉之线，被誉为“行走在中华龙脊”上的探险，也是风云莫测、猝不及防之险途。云南的两名女驴友留在了那里，北京的小伙子留在了那里，意大利资深的老驴友也留在了那里……遇难户外人的魂魄留在了秦岭。如今，鳌太线也已经被禁止私自穿越。那些埋在雪线下面的幸与不幸，都沉积在时间之外。

徒步人登山就像去见喜欢的人，只要足够爱，什么都不是问题。黎姐轻描淡写地回忆："西上太白峰，夕阳穷登攀。太白与我语，为我开天关。愿乘泠风去，直出浮云间。举手可近月，前行若无山。一别武功去，何时复更还。"在徒步人眼中，所有的险阻与艰难都是走向另一座山峰的卫冕和加持。

"乞力马扎罗！"

乞力马扎罗雪山！我也看见了，比在小镇上看见时清晰一些。大家都忙着拿相机，其实从这儿拍照的角度并不太好，但我们难掩激动。

从这儿开始，结束了这条线路上唯一有森林的路段，接下来是广袤的草甸，广袤的草甸上是各色小花。在炽热的阳光下，它们贴着干涸的大地，挣脱荒草的束缚，兀自生长、开花，叶脉色泽带着非洲特有的奇异。

也是从这儿开始，雪山不再若隐若现，有一种近在咫尺的错觉，等你走了很长很长的时间抬头再看，还是一样的距离，仿佛时间在这儿睡着了。但不管怎么说，有了雪山的牵引和召唤，就有了目标和动力。登山杖杆起落，鞋底和沙土摩擦留下深深浅浅的印痕，汗水湿透了贴身的速干衣，速干之后又湿透。

6

二号营地，是乞力马扎罗雪山徒步路上最好的营地。墨绿色的小木屋建得非常别致，像动画片里小精灵的住所。营地左边是即将攀登的乞力马扎罗雪山，右边是一座很有形的雪山，当地人叫它玛温格。小木屋镶嵌于两座雪山之间。不过，这只是视角距离，从二号营地到雪山还有一天一夜的路程。

营地前方，一群背夫和驴友在夕阳下边拍手边唱《狮子王》主题曲，快乐的音符在不同肤色、不同国籍的人之间流淌，每个人脸上都洋溢着孩童般兴奋的光芒，我们加入其中。“你我就像天和地，彼此散发出光和热，先人会指引你，给你智慧和勇气，我们是一家人不能忘。每一个人都有心愿，但它不会轻易如你所想，你放心别害怕，我们会在你身边。当你无法实现你的梦想，我们会陪伴你走过那些黑暗时刻。”每段结尾处都会加一句“乞力马扎罗”，这时候大家就会不约而同地举起手臂，面向雪山，幸福地拍一下手，歌声、笑声、拍手声漫向天际。

在这爱与自由的乐土上，每一个人都成了辛巴家族快乐的王。今夜，你是否感受到了爱？

有消息传来，装着所有登山装备的托包终于到了。这消息多么令人欢欣鼓舞啊！然而，像一个在久等中麻木了的人，在时光的戏弄下失去了对生活的激情，我们平静地接受了岁月迟来的馈赠。我的身体甚至已经习惯了别人的衣服，习惯了大三码的鞋子，习惯了穿两双袜子。习惯就是这样神奇，把陌生人的衣物穿在自己的身上，是多么简单又多么容易的一件事情。

在二号营地，我换上久违的睡衣，却久久不能入睡。睡不着就意味着要上厕所，这是几十年不变的老毛病。上厕所要从二楼到一楼，还要穿过一条长长的走道。我胡思乱想，怕黑夜里冲出一只野兽，又担心影响熟睡的队友。

在睡袋里辗转了十几分钟，我只有硬着头皮下床，慢慢跨过队友，尽力再尽力地放轻脚步。但木板的咯吱声还是暴露了我，幸好队友没有被吵醒。等找到合适的地方关了头灯时，我震惊了，不，是震撼——耀眼的星空，伸手可摘的星星，月光漫山遍野，星星漫山遍野，我差点惊呼起来。

“夜出奇地安静，在星光下安静地入睡，像美人，非洲黑美人，所有的星星都是她们眨巴着的眼睛，带着微笑的眼睛。有一种美，会让你忘记所有的害怕，那就是在非洲，在乞力马扎罗山下，满天星光照耀你的时候。”当地时间凌晨两点五十分，我在手机备忘录里写下这段话。

队友们此起彼伏的鼾声还在继续。今夜，他们的梦中，是否也星光璀璨？

五点半，生物钟准时叫醒我。营地前方站满了人，人们已经不再像刚开始那样大呼小叫地感慨，而是和雪山默默对视。天边的云霞在不断地变换和铺排，幻化出人眼、鱼尾、虎头、仙女，几分钟成一张像，想什么像什么，像什么是什么，整个营区弥漫着梦幻般的色彩。晨起的生命已经迫不及待地在各处舞动、闪耀、欢呼，太阳一寸一寸漫过山顶，山顶上的雪开始闪闪发光，乞力马扎罗雪山苏醒了，和晨起的生命一起被阳光叫醒。

我们又上路了，一路是像戈壁一样的沙漠和像沙漠一样的戈壁，越往山上走植被越稀少。广阔而湛蓝的天空没有一丝云，像地面纯粹得没有一棵树一样，偶尔有仙人掌从石头缝儿里极其艰难地探出头。

随着海拔的升高，寒意一点点袭来，风过处，我们在一件一件加衣服。沙棘和刺球趴在地上喘息，像我们此时的呼吸。路遇几棵面包树，它们从上到下粗细一样，只有顶上才长叶子，整个树干光溜溜的，看上去有一种奇怪的美感。植物有着很多神奇的生存法则，面对这样的奇异景象，除了拍照，大家都不说话。

四千米往上，每行一步都很艰难。此刻最不能造次的就是对海拔的敬畏，一不小心就会引发高反。我不敢高声语，不敢快步移，小心翼翼地为登顶做着身体和心理准备。庆幸的是，我为登顶做的准备，从很多年前就已经开始了。

7

到达四千七百五十米海拔的三号营地大本营，已是傍晚时分。云雾渐渐散去，天际由白到灰，乞力马扎罗雪山被时间慢慢抛进无边的黑暗，显得神秘而高冷。北京时间二十三点，我们将从大本营出发，向着乞力马扎罗雪山冲顶。

乞力马扎罗雪山！我终于来到了你的脚下！

我把视线移向乞力马扎罗雪山的顶峰——这座离赤道如此之近，却有着深厚积雪的神奇山峰。我带着对一个心仪男子所有的企盼，有一种类似要归家的急切。我再一次听到内心的呼唤，急切，欢喜。我甚至听到你在轻唤我的名字，在我耳旁低语："来吧，我在这儿，一直在这儿等你……"

那只风干的花豹是否还在？

每次登顶雪山，我都有鸟归巢人回乡的欢喜。我想，在成为父亲的女儿之前，我一定是山的女儿，或者大自然的一部分，一棵草，一滴水，一颗陨石，或者，鸟的翅膀，山的脊梁，日出的一部分……

然而，一个消息给登顶之路蒙上一层阴影。

"那个意大利小伙子可能熬不过今晚。"每个人都这样说。同时，两个昏迷的法国人正被送回二号营地。登山队里的每个人都出现不同程度的不适，同伴高反的痛苦呻吟声挑战着每个人的心理。

风越刮越紧……

那一夜，我登上了乞力马扎罗雪山

我只是越过了一座雪山，一座丰碑，一场灾难，人生途中无数道坎儿中的一道。在通向乞力马扎罗雪山的路上，从鲜花烂漫到绿树成荫，从秋风萧索到皑皑白雪，这是我半世的缩影。因为没有跪下、躺下、趴下，向死而生，我从魔咒般的炼狱里活了过来。是神，神一次又一次把我从地狱里拉了回来，拉我回来的神有一个具体的名字，它叫精神，我一直信仰它。

——题记

当地时间二十三点，海拔四千七百五十米，目标五千八百九十五米乞力马扎罗雪山顶峰。

乞力马扎罗雪山大本营，风越刮越紧。整装待发是登雪山必须认真做好的一件事情，速干衣、保暖衣、抓绒衣、羽绒衣、冲锋衣裤、袜子、薄手套、雪地手套、保暖帽、防晒帽、护膝、雪套……这些装备需要一层一层科学而有序地往上加。这是我自户外徒步以来穿得最多的一次，也是被寒冷逼到鬼门关差点儿冻死的一次。

收拾登山包是一门学问，该带的一样不能少，一口水可能救命，一口粮可能及时补充体力。还有登山杖必须要仔细检查，这是支撑身体和生命的拐杖。相机，记录和见证足迹的老伙计，必须带上。当然，不该带的一样不能带，在严酷的自然环境中，一块充电宝都可能成为压死骆驼的那根稻草。

打点完登山包，我正在进行最后的复查，这时走进来一个非洲孩子，抓起我的包就放在背上，我本能地连说“No”，他立即放下包，连比带画。其中一句我听懂了，他说：“跟我走。”也就是说，他想主动做我的协作员，语言交流的障碍让我差点儿误会了这突如其来的幸运，幸好听懂了这关键的一句。

登山协作员是登山队员的向导兼背夫，是能协助你登上山顶的那个人。不巧此次登山我们没有一比一配给协作。每一个登过雪山的户外人都深有体会，两个人共用一个协作是不科学的，要是其中一人状况不好，协作得护送下撤，而山上的另一个人将失去方向和依托。

我幸运地拥有一个协作汤姆，之后回忆起来，我认定他是上苍派给我的守护之神。

出发！

上升不到五百米，寒意就从四面八方涌来。大风在没有任何遮挡的山腰肆虐，登山靴与火山石较劲儿，风力与速度较劲儿，寒冷与手脚较劲儿。风的阻力让我们行走很困难，几个队友不断停下来大口喘气，强烈的寒意让人不敢休整太久。走快了山风吹得紧，走慢了冷得不行。

通常在雪山起步时，我就控制住自己的步幅，用腹呼吸，呼吸调匀后，再缓缓提速。这也是老登山人登顶的小窍门。攀升一百米高度，差不多要三小时。寻常登山越走越热，爬雪山却像是向着寒冷的黑洞逼近。我预感这将是一场苦役的开始。

时间随海拔高度在一分一秒滑落，无边的寒流和冷风更加强劲地扑来，席卷每一寸肌肤，冷风就像冰水一样穿过我的身体，双手好像快要断掉，双脚麻木而僵硬地在挪动。突然想起还有一双备用袜子和一个暖宝宝，暖宝宝是为预防低温和相机死机的，袜子是为防止出汗太多替换的，现在我把它们找了出来，把暖宝宝贴在肚脐上，试图弯腰把备用袜子也穿上，可我的手一直在哆嗦，每一个动作的完成都要很长时间，整个身子像冻僵的木棍，弯到一半差点儿跌下悬崖，只得扶住汤姆大口喘息。

待我呼吸平稳，汤姆俯下身子，蹲在坡上帮我解鞋带、穿袜子。他的手也在哆嗦，重复好几次才把鞋带解开。就在此时，我头灯的光刚好照在他的脸上，我看到他的睫毛和头发上的冰花与帽檐粘在一起。我哽在喉头的那声“谢谢”还没说出口，登山杖便不听使唤地离开左手，幸好汤姆一把将它拽住。

我把一支登山杖交给汤姆，这样我就可以左右手交替放到口袋里取暖。再后来，我试图把两支杖都递给汤姆，把两只手都放到冲锋衣的口袋里。不行！一只脚在火山石中趔趄打战，我突然意识到自己身处近乎垂直的山体，赶紧从汤姆手中拿回登山杆。

我感到下腹僵硬和剧痛。几分钟的路程就像走了几个小时，几个小时就像几个世纪。在这样的低温和风力下，暖宝宝和手套所能起到的作用微乎其微，整个世界就是一个大冰窖，整个身体像被赤裸裸地丢在冰天雪地里。我开始后悔，应该再穿一套保暖内衣，应该带滑雪服而不是冲锋衣，应该带上家里所有的暖宝宝，应该……我终于明白，有经验的老队友曾经说过，一件衣物、一副手套、一口水的缺失，在极端情况下都会要了人的命。随着海拔上升，更强劲的冷风袭来，我感觉自己就像处在寒风炼狱中。问苍茫大地冷为何物？敢把你的每一根骨头蘸着冰吃。我听见小敏的声音，她好像在叫唤、哭泣、呻吟。我解开脸上的层层包裹，询问她是寒冷还是高反，她说她可以的，只是没有热水了。我让背夫倒三分之一的热水给她。我们继续向前挪步，挪一步就听到她哼一声，那哀鸣可能是一种无意识的生理反应，连小敏自己都没意识到。

又走了一段，体力在火山石中一点一点耗尽。我看到前方有微弱的亮光，还有嘈杂的声音，在死寂的黑夜中格外明显，心里一紧，难道有队友出事了？

紧赶几步，粗重的喘息让我不得不放慢脚步，稍作喘息，又挣命向前。

“不能硬撑了，快撤下去。”段生的声音。

“再撑下去会出事的！”刀哥的声音。

“你不要命了？也不想想自己的年龄！”头灯汇集处，几位

队员围在他身边，我看到老赵瘫坐在火山石上，白纸一样的脸，青紫的唇。没有人劝他坚持下去。五千一百二十米的雪山加火山，六十四岁的老赵爬到这儿已经可以了！

老赵下撤了，对讲机里传来中国领队因高反下撤的消息。因为高反，因为体力不支，队友们已经撤下去好几个。不知道还要走多久，我觉得似乎永远都走不到山顶。

无边的寒冷席卷着每一寸肌肤，我的骨头像被成千上万把小刀子剜着一样疼，感觉身体里到处是伤口在抽搐流血。从头顶到

脚趾，从小腹到全身的痛，慢慢撕碎我的意识，思维都在随着疼痛打结，我甚至看不见头顶的星星和月亮，整个身体痛到麻木，又在麻木中被痛击醒。

我的体力已经耗尽。我想躺下来，我需要一床棉被，我似乎看到了温暖的棉被……“不，不，不！”汤姆发出的声音吓到了前后的队友，他一把扶住我，用力摇我的手臂。

这么折腾下来，我似乎清醒了一些，可是没几分钟，呼吸渐渐慢下来，我又成了沙滩上的一尾咸鱼，一条终于没有了动力的船。我想睡觉，只想睡觉……

“快醒醒！快醒醒！你不能睡着，温度太低你会死的。”汤姆使劲儿摇着我的身体，口里又是“不，不，不”，我的手臂快要被他摇断了。我一边回应“好”，一边使出吃奶的力气去拍打自己的身体，一身冷汗过后，我的头脑似乎又清醒了一些。

段生经过我时，我模糊地听到他在对我说话，但我只含混地重复说着“太冷了”。忽然，我的手感到一阵暖意，他把带着余温的手套毫不犹豫地套在了我的小手套上。这瞬间的温暖，使我的手不再感到刀割般的疼，“谢谢”卡在喉咙说不出口。这次长线之前，我和他不认识，同行一路甚至都没说过几句话，我甚至不知道他的真实名字，手套的余温还在，但段生已经走远。

如果你没有经历过害怕，那你永远都不知道什么是勇敢；如果你没有经历过寒冷，那你永远都不懂得什么叫雪中送炭。

刀哥劝我实在扛不住就下撤，我使劲儿摇头。他给了我几粒丹参滴丸，协作把开水递过来，我冻僵的手拿不住杯子，激烈地咳嗽过后，胃里翻江倒海，眼泪鼻涕一起下来，这救命的药丸怎么成了高反的诱因？之前是吃过这种滴丸的呀，就在下午到达营地的时候，我还和刀哥开玩笑，这滴丸是救命的仙丹，有一种瞬间打通七窍的神奇功效。但时隔七个小时，在同一个人身上怎么会有如此大的反应呢？我摸出一块奶片，吐了；咬了一口巧克力，吐了。胃液吐出来了，胆汁吐出来了，我被不断的狂吐折腾清醒了。

“五千八百九十五千米的白雪皑皑的山上，一群登山者行走着，万道金光穿过他们的身体，带着光芒，雪地上留下他们深深浅浅的足迹。”这个画面再一次出现在我的脑海。乞力马扎罗，我的执念，我的努力，我的准备，一切的一切，不可以白费。我在心里一字一句地告诫自己，不能死，不能被冻死，得想法自救。我开始不断拍打着身体的各个部位，脸、头在僵硬和麻木中得到瞬间的缓释。

突然想起小杯子里面有可可粉和巧克力粉以及一点点的咖啡干料，像在黑暗里突然寻到一丝光，像从死灰里刨出来一粒火星，我迅速把热水倒进杯中，迫不及待地一口气喝了下去。事实上我已经无力连贯地完成这一系列动作，是汤姆一面托着我的手肘，一面倒水，甚至把杯子递到我嘴边。这一路，我唯一能说的只有“谢谢”“非常感谢”，除了谢谢，只有谢谢。

这些高热量的饮品二十分钟后在我的身体里慢慢起了神奇的作用，我的体温在慢慢上升，意识在渐渐清醒，关键是没有再吐。此时我才猛然醒悟，之前不是高反，是失温！我努力在脑子里寻找带来的东西中还有什么可以用来提高身体热量的，参片！记得我是带了一些西洋参来的，我立即把全部的参片掏出来含在嘴里。没过多久，手和脚似乎不疼了，身体在一点点恢复，感觉血在汩汩流动，脉搏在有节奏地跳动，我又活过来了！我又活过来了！

此时星星已经隐去，半弯月亮还挂在苍穹，泛着深邃的寒光。我知道，天要亮了，上升的艰难和缓慢让我一直刻意回避着时间和海拔。

猛然看见一块木牌立于前方，我的眼泪像决堤的洪水，我趴在队友肩上边哭边高喊：“我终于登上了顶峰！”我何其渺小，我何其伟大，站在这里，没有死去，努力没有白费。还未等我从喜极而泣的登顶中回过神来，非洲领队告诉我们，这不是山顶，这只是通向山顶的第一块界碑，要到达山顶还有一个半小时迂回的雪路，从这儿开始才是真正意义的雪山攀爬。

“大家不要泄气，跟紧一些，尽量不要掉队。”段生的声音。“我估计离山顶不远了，相互关照一下前后队友，再坚持坚持。”刀哥的声音。

刀哥是登山队队员中唯一没拿到小黄本的人。拿到小黄本不仅证明你已经打完黄热疫苗，还证明你身体的各项指标正常。刀哥血压最高到过两百五十，那年医生曾劝他做心脏搭桥手术。但他这些年用特警特有的毅力，跑了一次又一次的马拉松，登了一座又一座的雪山，神奇般地将血压控制在了正常范围内。

只要足够爱，什么都可以克服，什么都可以改变，什么奇迹也都可能发生。当然，除了热爱，也需要拥有常人难以匹敌的胆识和勇气。正如此时，他即将登顶乞力马扎罗雪山。

“五千八百九十五千米的白雪皑皑的山上，一群登山者行走着，万道金光穿过身体，带着光芒，雪地上留下他们深深浅浅的足迹。”继续，向前，向上。

每一次登顶雪山都是一首悲壮的歌。天未全亮，近处零星的雪贴在背风处，远处的雪白茫茫，沿着坡顶蜿蜒到看不见的远方。左侧山脊上有几块大石头，我刚靠过去准备歇脚，石头缝里灌过来的风就肆虐地抓住我身上的每一个地方。

黎姐下山后在朋友圈描述当时的情景："登顶前近两百米的雪坡瞬间风速有多大我估计不出，但我感觉只要抬起一只脚行走，就一定会被大风吹倒。我只能背着风屈着腿，双杖向前牢牢地戳进冰雪用力支撑身体，待风速变小再继续上行。上行几步又得屈腿弯腰等风速再降下来，行走极其缓慢、艰难。"黎姐把这风叫妖风，她的一只手套被妖风吹下山崖，又被更大的妖风带回身边。

是这样的。妖风把我登山包上的防雨罩刮下雪崖，又带回脚边，没等我反应过来去抓，它又被刮到另一面的雪崖下。当我已经不抱任何希望时，它又在不远处出现，汤姆几次要冲上去抓防雨罩，都被我死死拽住，直到最后，防雨罩像一面旗帜一样被驴友拿在手上，我才确定这防雨罩与我的缘分还未尽。

妖风肆虐，在山顶发着淫威，每个人都如同在大风大浪里飘摇。我紧紧地握住登山杖，每一杆都深深戳进冰碴里，不敢有半点儿差池。队友弘弢在我面前连摔十几跤，再摔下去时，他蹲在冰碴里捂住眼睛。

"老宁，我好像雪盲了。"这是我第一次听到"雪盲"这个词。

"雪盲？"我开始后怕，立即从登山包里找出雪镜，亡羊补牢。

"我会瞎吗？"五十几岁的弘弢像个孩子一样蹲在雪地上哭。

"别瞎想,不会瞎,相信我！把手给我！"刀哥伸手来拉弘弢，差一点儿滑倒。弘弢的协作护送其他队友下撤了，我立即把自己的协作让给他，瘦小的协作连同弘弢在我前面不断地摔跤。

段生说："我们不能再这样瞎走了！"他拉着刀哥、协作、鸿涛和我，五个人排成一排。我们一手拿着登山杖，一手牵着旁边的队友，形成一股合力，在冰面上缓慢挪移，一步一步如同登天，不，比登天还难，还好我的体力此时已经恢复。

下山后我才知道，走在后面的红和黎姐比我们还惨。

"此刻风太大，我不敢哭，怕一张嘴被风噎着，红刚上完雪坡就抱着我大哭，说她眼睛白茫茫一片什么都看不到。我安慰她，我在电视上看过，雪盲是可以治好的。实际上我也慌了，我连比带画地告诉向导小哥，马上联系山下的人来救援。那天，红被四个赶上山的背夫抬回大本营，直接送回了二号营地。"

"下撤途中我不断地问自己，为什么要来受这份罪？想当年历经千辛赚钱，为什么到如今还要吃尽万苦花钱买罪受？等后来回到大本营，经过一夜的休整，我的体力与红的视力基本恢复后，我们早就忘了什么是劳累，什么是雪盲，又开始了下一条线路的规划。"黎姐在朋友圈如是说。

对登山者来说，除了生死，其他都只是小事。

此刻，右侧天边的云海像抹了胭脂，像不断铺展开来的画，又似一片汪洋止于天际。有人轻声说："太阳快出来了。"队友们把长枪短炮背到这儿，因为站立不稳无法拿出武器，即使拿出来也很难对焦。我带上来的是微单，极轻的那种，一直贴身放在胸口。汤姆双脚深插进冰碴中，待他站稳后再用双手紧紧抱着我的腿，两人屈腿对焦。是的，我是用生命拍下这几十张照片的，风再猛一些，站的位置再偏一点点，我随时都有被刮下雪崖的可能。

太阳开始冒出地平线，从一个红点到一个圆，最后磅礴浩大，光芒万丈，短短几分钟就将阳光灌满整个乞力马扎罗雪山。在日月同辉的山上，一群人行走着，万道霞光穿过我们的身体，雪地上面留下我们深深浅浅的足迹……

五千八百九十五米处，一块木板立于峰顶，用英文简单写着山名和海拔高度。这个地方狭窄到只够几人容身，简单到了极致，像显赫的家世不需要过多名目来证明，像饱学之士无须太多头衔来赘述。行止，仰止。

感恩神山的又一次悦纳和眷顾。

站在五千八百九十五米的山顶，千万道金光从上喷洒下来，我有一种丢开浊世牵绊的轻松，有一种打通任督二脉的畅快。是佛光吗？被加持了吗？我感觉自己就要飞起来，有一种来自天地宇宙的释然，想跪拜、想坐化、想哭……想静静仰躺于天地之间。

目所能及的地方都是冰川、冰瀑、冰雪，极尽奢华地铺排，如水晶之剔透，如玉石之晶莹，在阳光下发着淡蓝色、淡粉色的微光，低奢诱人，高洁华贵。我是来赶赴上苍精心安排的一场奢华盛宴吗？琴声从远处传来，木鱼声从高空飘来，诵经声、叩拜声此起彼伏，马啸、鹿鸣、婴儿的啼哭。惊喜！惊奇！迷乱得让人手足无措，不知该歌该舞，该叫该哭，还是该回归到柔软的寂静中去……

阿纳果的夏天

那些将要去的地方，都是素未谋面的故乡。

——王小波

那年夏天，我们在阿纳果的山顶木屋里小住了几天。漫山遍野的鸢尾花肆意绽放，天上的云朵像地上的羊群，时卷时舒。在带有杉木清香的屋里沉沉睡去，在鸟语花香的光影中悠悠醒来。我们食着人间最洁净的空气、溪水、饭菜，小狗跑前跑后做我们的侍卫，幸福得头晕目眩。

走过很多地方的我们未曾料到，多年后再想起来，一定要再去的地方，就是阿纳果。

初夜，围炉，用筷击碗而歌，甩衣而舞。没有歌词，没有旋律，一切来自天籁。云层之上，夜色还在流浪，酒酣人畅。某一刻，我们感受到了灵魂触碰的欢悦，在欢悦中沉沉睡去。

清晨，阳光比我们先起来，斜躺在鸢尾花上，草尖上。花在不断打开自己，风在摇它的叶子，露珠在草尖上散发着斑斓的光。

从木屋里出来，站在山冈上眺望，云霞一寸一寸铺开，像海一样翻腾，远处有缓流或急流在低吟。我看见了时间，还看见了自己的影子，它们站着没动。溪水冲刷着记忆，童年的影像和此时的山冈在我眼前交替叠印。

在花间徜徉、留影，看蝴蝶或专注爱，或见异思迁。我们站着，不说话，就十分美好。

这是阿纳果的夏天。

阿纳果最美的，是那片鸢尾花花海；阿纳果最美的，是云上的木屋；阿纳果最美的，是木屋前怀抱吉他的少年，还有围在少年身边转悠的小黑和溪溪。

阿纳果最美的是日出日落，是云来云往，是花的香味，是草的甜味，是光影的律动，是马驹的奔跑，是小狗的乖巧。是金贵，金贵的木屋，金贵的厨艺，金贵的手鼓，金贵的有趣，金贵思想里的光。

那些山野中的光亮，我们带来的光亮，在那个夏夜汇聚成五彩斑斓的星光。我以为，阿纳果是上天在俗世之外赐予人类的后花园。

今夜，突然想起小狗溪溪。不只今夜，无数个如水一样静谧的夜晚，我都会想起溪溪。想起溪溪的儿子小黑，想起它的主人金贵，想起阿纳果。

阿纳果不是瑞士乡间的小镇，不是西港落日下的海湾，是在地图上找不到的阿纳果。我是一个如此匆忙的人，却又常常停下脚步，顺着时间的脉络再回到阿纳果，抚摸每一朵花，每一片云，每一颗星辰。

我们原本的计划是去穿越南极洛，去之前还做了攻略。未承想南极洛连日暴雨，暴雨夹杂着泥石流，挡住了去往南极洛的路。

有的地方注定要遇见，就像这辈子注定要与自己的故乡、灵魂相遇一样。从香格里拉回丽江，随金沙江一路奔跑，遇上了阿纳果。

去看看，大家一起说。不去只能打道回府，假期还没结束，我们的心情还在路上。

阿纳果是一个距丽江两个小时车程的纳西族村落。村庄不算大，靠山而居，受纳西古乐和东巴文化的影响，村民崇尚自然。从领队金贵个性的小辫子就可看出这个民族不拘小节，从小黑和溪溪的好客就可看出这个民族热情似火。

我们要去的目的地不是阿纳果村庄，是离阿纳果村庄有一天徒步距离的阿纳果山上。

小黑和溪溪跟着马队在山道上攀爬。溪溪圆鼓鼓的身体显得有些笨拙，但它一直没有掉队，和小黑一起随马匹歇气，像多年老友那样跑到我们面前蹭痒。不论我给谁拍照，它都要凑上来抢镜头，同行的老高说，这只叫溪溪的狗生活在山上，喝冰雪融化的泉水，应该叫她“溪溪”，行文时不能写成茜茜公主的“茜茜”。

小黑和溪溪是金贵的两条狗，也可能不是金贵的，是村里配给徒步人作为领队的集体财产，像前面托行李的马匹，像我们正在攀爬的山，像金贵，他们都是集体的。他们挣到的脚力费平均分给阿纳果村庄里的每一位纳西族村民。阿纳果村民委派金贵和马匹作为登山人的领队，一年四季往返于村庄和山顶之间，挣一些脚力费，也攒一点儿人气，让阿纳果热闹起来。

道路蜿蜒，时而在陡峭的山壁上，时而在森林峡谷中。山壁粗粝，杂木参差，石骨裸露处，有青苔覆盖，峡谷树木参天，溪水清冽。岸边长有杂色小花，飘落的花瓣顺流而下，相依而行。

看到金贵不离身的白布环保袋，就知道他把对家乡的护卫随时别在腰上；听到金贵说第一句话，就知道他见过多大世面，做过多大事情。而比做大事赚大钱更重要的是他又回到了家乡，回到了打断筋骨也连着血脉的故乡。他觉得只有父老乡亲们都富裕了，才算真正的富裕；只有阿纳果成了所有人的故乡，他做的事才有意义，他才能回到自己娘子的身边。

突然想起“有仙则名”这句话。虽然阿纳果不出名，虽然金贵其貌不扬，但看到一座座充满生机的房子，看到满山坡的蜜蜂在飞，我就相信，阿纳果人一定会过上蜜糖一样的生活。

太阳偏西的时候，阳光明亮亮地随着山势在移动，一寸一寸跑过山脊，也赶着我们在走。牛羊啃食青草，也抬头望我们，青草的汁液顺着嘴角溢出，空气里弥散着草木的气息，还有太阳和新鲜马粪混合的气味，每株植物都在拔节都在讴歌生命，那是阿纳果特有的山野的气息。

太阳和我们同时到达了另一面山坡。放眼望去，我们尖叫了起来，一山坡的鸢尾花，紫色的花冠，墨绿的裙边，随着云飘，和着风舞，漫山遍野的紫色，一直逶迤到云端。

放下背包，丢开登山杖，滚入花海。鸢尾花在风中吟唱，在蓝天白云里放牧，在光影里暗香浮动。我们斜躺在山坡上，看云来云往，很美；我们哼着小曲看对面山坡的羊群和小狗嬉戏，很美。我们闭上眼睛，什么都不看，也很美。

溪流是随我们而来的，或者我们随它而来，它把我们送到花丛中就消失不见了。更远处，山边的马驹和骡子，头埋到草里，半天不抬头，抬头已是黄昏。

云在花上，花在云间。云端有木屋，木屋有露台。露台上有视线极好的观景座，木屋立于悬崖的顶端。有的云朵在山谷里聚散，有的在头顶上翩跹，有的掉在水盆里不起来，我忍不住用大瓢小瓢去捞，一捞就碎。对面的群峰慢慢被晚霞染上了胭脂色。

洗手做羹汤的小仙女们，很快就找到了围裙和灶台的位置。炉火升起来，灶膛里有腊肉的香味飘出，同伴采回来一大把野韭菜。溪溪围在灶边快乐地打滚，小黑总是跟着那个长得好看的姐姐。秋千上端咖啡杯的女子，在等谁给你续杯呢？

赶着把帐篷植入花海，风一直在捣乱，溪溪看看天色看看云，又回头看看我们，似乎在给我们鼓劲儿，风和我们都很任性。天暗下来的时候，风失去了温度，还在手忙脚乱。溪溪朝天吠了几声，很是替我们着急，还是回木屋的通铺上睡吧。

月亮掉进茶缸的时候，我闻着满室杉木的清香织了一个七彩的梦。鸢尾花长成了一望无际的野樱花，落了花的枝头是樱桃小果子。溪溪生了九个孩子，最后活下来六个，另外三个和鸢尾花葬在一起，长成了樱桃树。地上的草更高了，它们不断地用指尖去触摸太阳的脸。阿纳果迎来了更多的客人，金贵和那个怀抱吉他的少年搭起了更多的木屋。

后来，阿纳果成了很多人的故乡。

猫猫石上的粗陶和红茶

我要在潦浒建座房子，坐落在依山傍水的长龙村子中间，沿龙窑传承，袭潦浒古韵。青瓦飞檐，土墙夯实。柴烧的土陶泥罐砌成围栏，上面种满多肉，还有吊兰和藤蔓，它们紧紧缠住罐子的样子，像是上了一圈一圈的绿釉和碗花。把喜欢的品种都种上，爬满院墙漫过眼帘。院子里随意散放着很多陶罐，随意之间有许多错落之妙处，随处皆有致。

我要在这座房子里开个茶铺，一半栖居，一半做生意。不要门头不写招牌，一块木板立于房侧，只卖滇红。“红茶”二字用粗陶碎片粘贴而成。茶室竹帘虚掩，你进院就能看到。茶台是我之前看上而舍不得买的那套，缅甸木镂花，本色不上漆。红茶和粗陶渐次摆放货架，货架也要缅甸木镂花，一样本色不上漆。大小不等的罐里存放不同的红茶，也会偷偷藏一点儿喜欢的普洱，不遇有缘的你，我不轻易拿。不售红酒不磨咖啡，滇红只售临沧优质的大叶种，一叶、两叶而不是单芽的那种，茶之质一定要配得上陶之性。

院子里还要有几棵树，鸟儿来了可以栖居，它们和绕梁的燕子共同分享主人撒在院子里的稻谷，悠闲啄食又不相互争抢。从春花烂漫、桃红梨白到秋意阑珊、叶落满院，我都用图片和文字把它们妥放于时光缝隙处，你有空就进来看看，你若像喜欢粗陶一样喜欢茶，我就会很开心地给你递上一碗红茶。其实你来或者不来，碗里的红茶一直热着，就像梁上的燕子和树上的鸟儿，它们并不太在意匆匆来往的过客。

我的隔壁一定要住着老王。左边老王是那天在潦浒伏案制作陶器的陕西咸阳人，既有秦人的风范，又有潦浒艺人的品性。老王携家带眷来潦浒十一年，做陶、卖陶、写陶，只经营与陶有关的物和事，他不在意作品评了几次奖，拿到多少国家级认证书。他一再说起应该把他算作潦浒人这件事，他觉得这个很重要，他还要在潦浒住几个十一年，或许他的子子孙孙还要在潦浒住几个十一年，或许不走了。他们一家的手都在工作台上拿捏、雕琢，随陶泥旋转。为生计还是因兴趣，我看不出来，但他们的专注和痴迷我看到了。

我右边的老王常常外出，时不时有人会到我的茶店来打探他和他的陶瓷，以及他与陶瓷的故事。看茶之后，我会帮他们打个电话给老王，有时接得通，有时接不通。这次接通的时候，他告诉我他在宣威，过几天去富源。只要有陶瓷作坊，老王就会去寻访，只要是陶瓷艺人的栖所，就有老王探究的身影。后来老王编写了《曲靖史话》，后来老王接受电视台专访，后来找老王的人越来越多，后来老王彻底关机了。他去了更远的县份更多的地方，搜集了诸多的陶瓷精品、孤品，从元明清时期，到民国再到当代。每次回来他都给它们一一作注，将其陈列在他的陶瓷博物馆里。

再后来，找老王的人多了，问潦浒历史的人多了，他们也习惯了辗转他县的老王。慢慢地耳濡目染，我对潦浒的历史有了一定的了解。庄重古朴的潦浒古陶、景观陶、园林古建筑陶、鸡公陶和鼎、云青花瓷系列，每一样我都感兴趣。如果你想知道曲靖碗花对景德镇瓷器的贡献，最早的茅台酒瓶的定制，外销的石林牌碗的花色和品种，或者你要了解历史人物对陶瓷的推动和发展，潦浒陶瓷在千年历史长河中的兴起、积淀和突破……我们可以坐下来慢慢聊。聊着聊着你会惊喜地发现，潦浒的烧陶制瓷技术，几乎涵盖了人类陶瓷史上不同阶段的工艺特征。这就不难理解这个叫潦浒石又名猫猫石的地方，为什么声名天下。老王不就是这样慕名而来的吗？然后，我也来了。

慢慢地，来的人多了，品茶论陶、谈瓷说碗的人多了，我的生意自然就好了。出出进进忙碌的时候，我总能看到左边老王家的土陶店，还有土陶店门前一直忙着拾掇陶罐的姑娘。我和这姑娘常常有一句没一句地聊着，昨天龙窑里又出了几件精品，今天又被哪个有缘人带走，遗憾破损的那只耗费了多少时日修补，慨叹它的独特精致。

然后我就觍着脸说："残缺的那只还是给我吧，我种植物或栽棵水培。"姑娘慢吞吞进屋去了，我常常担心，她发个信息借故忙着几小时不出来，但她还是出来了，她一边往我这儿走一边爱不释手地端详破损处，我边接杯子边往她手里塞了包茶。这是一只淬过了火的柴烧主人杯，从杯口到杯身的设计，从里到外的工艺打磨，都别具匠心，我暗自窃喜又不敢太露声色。

"姐，上次给的茶都还没喝完呢。"我没敢看她的眼睛，没等她说完，摘一株大小合适的水培插上，立即置于茶台。

若等哪天隔壁老王来串门，看见他的杰作变成我案头的茶饰，他会惋惜得连眼睛都拔不出来，这时我会殷勤地递过去一杯红茶。有时他一坐一晚上，一句话不说，抽完一包烟走了；有时他和我们说茶论陶，说烧制一件陶艺作品如同写一篇文章，从取材、立意、拿捏、淬火，到最后的上釉，不管精品还是残次品，都浇铸了艺人的思想和灵魂。

年头做久了，日子处长了，张家的残品、李家的次品、王家过火的陶……这些独具匠心的“残次品”渐渐就摆在了我的案头、我的院子、我家的每一个地方。栽花、种肉、培绿植……经年之后，我的院子慢慢活了，长着艺人的灵性，藏着匠人的灵魂，带着猫猫石的图腾，整个院子彰显着低奢古拙之美。

有一天，南盘江的水，猫猫石的火，慢慢将我捣碎、揉捏、淬火、焚烧、雕琢，我在历久弥新的岁月里涅槃，也成了你遥望多年的老王，抑或是老王隔壁的粗陶大叔、红茶姑娘。猫猫石成了丽江古城，潦浒成了景德镇，滇红藏在泥罐里。你从天南来，你从海北来，在慢时光的猫猫石里，逛逛龙窑，捏捏泥罐，感受来自粗陶红茶相遇的传奇芬芳。

万物自在

坐着家四的摩托从橡胶林往山上跑，这是一条通往山顶的路，也是通往国外的路。这条路七弯八拐。“我们只要到了最高的那个山头，站在山头最高的那个地方，就相当于站在了三个国家的交界处。左面可以看见老挝，右脚跨出去就是缅甸。”家四兴奋地指着那个山头告诉我。

我们脚下踩着的土地是景洪勐龙镇的贺管村。家四说他骑摩托车从贺管村去泰国，早上去晚上就可以回来。

家四总是用右手指着近处和远方，他一直在给我介绍路边的野果，远处的山峦。我真怕他一只手离开摩托车把手，另一只手把控不住，摩托会顺着路边的大沟冲下去。摩托车的速度很快，山路崎岖泥泞，有很多车辙的凹印，摩托随着凹印不停地倾斜摇摆，我们随时有可能摔下来。每到要摔下来的时候，家四就会双脚点地，速度慢下来一些，但还是在前进。

今天，我们不去山顶，不看缅甸和老挝，因为看也看不出什么名堂。在这儿，山连山，水连水，树挨树，一样的山、一样的植被，湄公河或澜沧江只是叫法上的不同，就连知了都在用同一种语言发声。

家四要带我们去摘一种果子，一种里面有蜜蜡的无花果。他用手机里满树的果子诱惑我们，我们没见过，也没吃过，当然坐不住了。

沿着山路上去没多远，就是家四他们村子的哨卡，哨卡上的人都佩戴着袖章，上面写着“边防检查”四个大红字，很有气势和威慑力。家四是勐龙镇贺管村哨卡上的一员，他们白天黑夜轮流看守。

经过哨卡的人和车，要接受村民们的检验。家四说，他们一眼就能看出哪些是走亲戚的，哪些是走私的，而他们通常不留一点儿破绽地放行，被放行的那些人最后都会落到边防军手上。

在热带地区，吃食丰富花哨。家四吃山上的野果野菜，自家养的斗鸡和冬瓜猪。在西双版纳这样的地方，只要人勤快，种什么长什么，什么都可以家种野长，什么都可以野生家食。臭菜可以煎鸡蛋，藤菜可以煮汤，野韭菜、野薄荷配个辣咪就是上等的待客菜，也是寻常家食中不可或缺的下酒菜。

家四说了很多，其实他说的很多话我都没有完全听清楚，除了风声带走一部分，还有一部分是我听不懂的带有哈尼族风味的普通话。

家四说到这儿，我看见崖壁上有蜂箱，是普通蜜蜂两倍体积的马蜂在爬出、爬进、飞走。对于蜂，我是有经验的，它安全的时候我也是安全的，也就是说只要我不招惹它，它一般不会攻击我。家四问我有没有吃过崖蜜，真正野生的崖蜜，然后停下摩托打开手机让我看，那种如砖块一样大小的蜂盘晶莹剔透，汁液在往下滴，我的口水也在往下滴。家四说我走之前一定要让我尝尝，结果那天晚上我喝多了，可能家四也喝多了，我们都忘了。

山泉从崖壁流出，被村民用很长的粗竹筒从崖上引到路边，给路人提供洗手、解渴之便。溪水就这样清悠悠地诱我过去，家四说可以直接喝，竹筒旁边刚好有一个取水的小竹瓢，在三十五度的气温里，溪水濯我手足，入我肺腑，我在这儿做了回神仙。

好喜欢西双版纳的竹子，竹凳、竹椅、竹篓，连房子都是用竹编的吊脚楼。喜欢月光下的凤尾竹，喜欢阳光下的吊脚楼，它们像穿着筒裙的傣族姑娘，有一种不拘的浪漫。那是十几年前我对西双版纳最初的印象，也是我印象中最美好的情愫。而现在的傣族姑娘，她们更愿意穿潮流服饰，就像拥有一套现代化的洋房是家四这些哈尼族小伙子的理想一样。

我们跑一段就停下来，然后等后边的同伴。同伴分别坐在杰四和老缪的摩托上，他们被家四远远甩在后面。同伴中，一个是我同学，另一个也是我同学。他们确实摔下来了，我听到了声音，我只能朝着前方大声问后面的同学有无大碍，双手还是紧紧揪住家四的衣服不敢回头。“这样的路不小心就会摔下来。”家四这样说的时候右手还是离开车把，指着前面高低不平的山道，我的心提到嗓子眼儿，就连遮阳帽掉下来也不敢告诉家四去捡。

一边担心摔下摩托，一边又好奇那一树的野果。西双版纳真是个神奇的植物王国，什么藤缠树，什么独树成林，什么人见人怕的箭毒木……这里有高达四五十米的望天树，有开在高高树杈上的空中花园，有可以给几个人遮风挡雨的巨大叶片，有很多有名无名的大果树和小果树。这些树木让我长了很多见识，最长见识的当数此时我仰头惊呼的无花果，随着声音和目光的方向，杰四已经爬到了树上，我立刻丢下手机跟了上去。满树的果实，密密麻麻，挨挨挤挤，像赶集一样奔入眼底。

掰开一个红的，没有蜜蜡，再挑拣一个红而软的，蜜汁、蜜蜡一起淌出来，口感没有我们家种的甜，是那种恰到好处的熨帖。还有路边那些不知名的小果子，家四告诉我都可以吃，我觉得吃进口里的不是野果，而是几十种维生素的组合。这儿的每一样水果都让人流连，让人回味无穷。那天我第一次嚼了槟榔，第一次尝到了槟榔那微苦而涩的神秘味道。

我不断闻到热带雨林气候下草木的清香，果子的蜜香，山茶的幽香，闭上眼睛，专注于呼吸，让整个山野的气息淹没我。我睁开眼，顺着风的方向喊着同学的小名。在某一刻，我们都以为回到了孩提，回到了故乡，回到了曾经上学的那条路上。

今天经过的大车很少，哨卡的森林里有很多的吊床，家四的同伴们躺在吊床上听音乐、唱歌、打盹，看路过的行人。如果我可以一直待在这里，会带上一本书，躺在有阳光的那个吊床上，听家四的同伴用树叶唱歌，顺着文字的方向去世界的任何一个地方。

日头偏西时我们才开始下山，这样的地方，常常会让人忘记时间。今天是傣历新年，哈尼族也过傣历新年，只是今年没有聚会也没有泼水。但我们从勐龙镇到贺管村这一路，还是有很多村民提着水桶跟着我们的车跑，傣族是爱水、爱酒的，也是好客的。这样的节日，不管来客是谁，不管扛进来的是一箱啤酒还是一件茅台，不管进了谁家，全村人都很开心。

一桌傣味菜，一桌山毛野菜，一桌美味佳肴。哈尼族的男人都会做一手好菜，今晚这一桌好菜就是家四他们的手艺。烤猪脸、傣味鸡、手抓饭、辣咪沾水……我们就着菜喝酒，而家四他们只喝酒不吃菜，一直喝酒一直说话，喝得双眼迷离，说得侠肝义胆。听说哈尼族的小伙们可以从早上喝到下午，也可以从下午喝到晚上。

小酒微醺，同学眯眼问家四，可不可以让块地方给他，他想在这儿盖间房子。同学五年前在贺管村买了一片橡胶林。那些年，很多内地人都来这儿买橡胶林。他每年因为橡胶林而来，因为村庄而来，已经成了贺管村的一员。家四自顾自吃着，笑而不答，再问，才红着脸说他做不了这个主，这事得问他老婆，一向持重的同学便借着酒劲儿且笑且调侃。在橡胶林尚未有收益的五年，同学收获的是野果，是一瓢饮的快乐，是一顿酒的开心。西双版纳的酒好喝，当然，最重要的是喝酒时的气氛，酒喝到一定程度他们就开始唱歌，脱去衣服，光着膀子，话语热烈而醇厚，蜂子酒也热烈而醇厚。

蜂子酒、木瓜酒、橄榄酒都要尝尝，以后就喝不到了，以后喝到的也不是现在的酒，同学怂恿我，我忍不住也喝了。

凤尾竹与吊脚楼，酒与月色，自在，欢悦……

很久没有这么快乐了，而家四他们一直这么快乐。《勐奔》里有这样的记载："勐龙，傣语，意为'自由生产生活的地方'。"我喜欢这样的地方，我喜欢这个地方的人，以及他们的生活方式。

东达山五千零八米

那些在生命中给予我们生机和希望的人，那些让我们战胜绝望，不再畏惧风雪的人，他们是我的队友。

——题记

那天，我们在海拔不断攀升的雪域高原驱车行走，行至东达山山顶五千零八米时，领队允许我们有三十分钟的停车拍照时间。

高原气候的无常具有不可预知性，刚下车时只有零星的雪花落在脸上，才转过一个山头，狂风几乎能把人卷走。只一瞬间，碎雪裹挟着冰粒在风的助力下铺天盖地地倾泻下来，夹绒的冲锋衣已经无法阻挡寒气直入，我裹紧可能进风的围脖和衣服。天地混沌，风雪弥漫，一头野猪在左前方的空地上乱窜，身上顶着厚厚的积雪，我陡然惊觉，这不是一般的变天。熟悉地形的动物是在野外生存的能手，能手迷途，这预示着高原天气有大的变化。风雪中，我努力辨识来时的方向，却不知自己身在何方，每前行一步脚都在趔趄。

右前方的风马旗，这吉祥的象征，被风雪卷起，被风雪蹂躏，被风雪淹没。太快了，我会不会也同风马旗一并消失？我的手哆嗦着拿不稳相机，悬在半空中的心差点儿停跳，我试着喊了一声，发现自己的声音是那么小那么微弱。我又试着大声呼叫同伴的名字，但呼叫的声音被掩埋在茫茫风雪声里。就这一小会儿的工夫，暴风雪覆盖了整个山脊，白茫茫灰蒙蒙什么都看不见。我的眼睛和嘴巴里灌满了碎米雪，冰粒砸在脸上，疼，生疼，我真想蜷缩起来，哪怕短暂地护住我的脸。

求生的本能让我不得不寻找归路，暴风雪的撕扯又让我寸步难行，每走一步几乎耗尽我全身的气力。十几分钟的行走挣扎，回望时才发现，前行不足两米，而此时我已经呼吸急促，手脚酸软，离车离同伴有多远，怎么都想不起来。

思绪在渐渐模糊，来时做过功课，我确定自己是有高原反应了。领队一路强调要抢在天黑之前翻越东达山，否则突遇暴风雪的后果难以想象。领队还说一个人不能跑得太远，高原气候变化无常。我到底跑出来多远？我记得只转过一个山头，为拍那座一直被东达山遮挡的雪山。

我告诫自己要在意识模糊之前呼叫外援，我要找到我的队友，我要回到他们中去。摸索口袋的手僵硬到拿不稳手机，我跌坐在雪地里，两只手用力配合着把手机掏出来，雪花和冰粒以最快速度覆盖了屏幕。由于低温，手机自动关机，我徒劳地又试了一次，还是打不开。我瘫坐在雪地上，没有登山杖，没有补给，没有联络方式，风雪何时才停？意识越来越模糊，不行！我不能死在这里，我要站起来，我要活着。我的孩子和母亲在等我。

挣扎站立中，我头痛欲裂，趔趄三次才勉强站稳，身子软到随时可能倒地，脑子一片空白，身体在机械地向前跋涉。不知走了多久，或许也没走，我的碎发已经完全结成冰块贴在眼帘上方，撕扯不开。

头痛、胸闷、无力，我快要不行了……

眼前似乎出现车影，我狂喜着奔去，一步、两步、三步、七步、十步，实际上每一步都很小，很艰难，我使出了所有的力气。听见队友在呼唤我，声音时而遥远时而清晰，我已经发不出任何声音，只是朝那个方向挥手，不一会儿我连挥手的力气都没有了。模糊的意识告诉我，希望就在前方，那是我们的车队。

终于，我抓住了车把手。

队友迎上来，他们搓揉我的脸，拍打我的身体，我的身子渐渐热了起来。

很远的左前方，那个黑点，那只和我一同逃命的野猪，它没有家人和同伴，还在风雪中打转。

领队走了过来，递给我一瓶葡萄糖，郑重地望着我说："自然和生命都是需要敬畏的！吃过一次亏就记得了。"

记得了！

最美的时光在路上

每个人都渴望生活在别处，所以就有了对远方的期盼。我以为，所谓的远方，就是离开工作和生活，离开在一个地方待久了的情绪，从此地到彼地，寻找一个渡口，安顿灵魂。

总有那么一段日子，把自己流放在一段时光里，流放到一段旅程中，两根登山杖，一个登山包，蹚水，过山，跨原野，走冰川，听清泉石上流，看四季对镜妆，跪拜在大地上。

蓝天、白云、阳光、空气、原野、溪流、山林、草地，一花一世界，一叶一菩提，一草一枯荣，一果一峥嵘，一虫一苍生，每一处风景都是大自然投来的一次微笑。

一朵飞花，一声鸟鸣，一缕晨光，一片白云，一棵狗尾巴草，秋深处的一抹新绿，镶嵌在岁月里的剪影……这些司空见惯的风景，在我眼中都是胜景。

我一次次地对焦定格，重复记录着自然的神奇与伟大，这是我与自然最美妙的交流方式。我能定格的，是对焦时的喜悦和心情，我无法带走的，是风的吟唱，云的舞蹈，光影的律动，江水的轻柔，知了的交响，还有那静谧的村庄，原野的味道。

这一刻，一切赞美的语言都如纸般苍白，一切拍摄的技巧都是画蛇添足。这一瞬，风是香的，水是甜的，光和云是最调皮的。

可以和队友轻声交谈，可以悠闲随性地自顾自走着，可以大声歌唱，可以小声低吟，可以流连过往，可以憧憬未来，可以在键盘上激扬文字，可以在天然的大氧吧里享受酣畅淋漓后的舒适和惬意。

阳光下灿烂，风雨中前行，我们豪情万丈，我们激情满怀，我清晰地感到生命的最强音符在胸腔里跳跃奔跑，我听到了花开的声音，我看到了雄鹰搏击长空的矫健，我感受到了凤凰涅槃浴火重生……我心飞翔！自由，自在，自然。

人世间最有吸引力的，莫过于一群穷驴友行走于尘嚣和喧闹之外。像自由飞翔的鸟儿，欢呼雀跃在蓝天白云；像欢快跃动的音符，飘荡回旋在山间林里；像清澈流淌的小河，穿行跌宕在凹地山谷；像脱离温室的花朵，沐浴徜徉在春风暖阳；像长在山里的小草，像种在地上的野花。

常常会有这样的时刻，看到太阳刚刚跳出地平线而泪流满面；常常会有这样的刹那，看到一湾澄净的湖水而百感交集；常常会有这样的瞬间，为爬上一座刷新纪录的山峰而心潮澎湃。这种被生命的美好瞬间洗礼的感觉妙不可言。

人们很难理解，行走在路上的人怎么会如此感性？居然被一片云、一条路、一座山感动得泪如雨下。你常常问我，为什么不言语，我告诉你，我在静静地感受满眼的欢喜；你常常问我，为什么如此痴迷，我告诉你，只有置身其中才能体会这快意；你常常问我，为什么一直想走，为什么一直在走，累成狗，虐成鬼，还总是向往远方和天边。

是的，我的内心有时也会塌陷，我一直在寻找那个失落在钢筋水泥里的村落，我一直在寻找远逝了的童年，我在寻找掩埋在世故后面的纯真，冷漠背后的微笑，市侩背后的善良。

光阴清浅，城市寂寞，我想和自己独白，我想和山水对话，我想尝尝野果的味道，我想感受从不同方向来的风，聆听来自山野的问候。我想忘记背负的种种，忘记纠缠不清的琐碎。我想放下执念，唤醒那个简单纯粹的自我，换种方式自省。

常常登山跨河，也常常靠近同类与异己，以抵达想要抵达的世界，寻找更好的自己和万物的距离。

很多时候，我在和这个世界相遇，更多的时候，我在和自己重逢，和期待中的自己不断重逢。我喜欢一个词“邂逅”，邂逅晨起的一滴雨露，午后的一曲琴音，傍晚的一缕夕阳，邂逅一个人，一种心境，一段风景，一程山水。

总期待不一样的邂逅，邂逅物理的、地理的、人类的，以及他们有趣的灵魂，也包括邂逅更好的自己，独一无二的灵魂。

我一次次去向世界的每一个地方，从一座雪山到另一座雪山。站在海拔五千米、六千米、七千米的高山来看尘世，渺万里层云，千山暮雪。是的，我不是翻越了哪座山，征服了哪条河，迈过了哪道坎，而是走着走着，明白了自己是谁，从哪儿来，要到哪儿去，这是我和山川草木一一相认的过程。

人不仅在闺房、密室里生活，还应该在大地上行走，不断地行走，接受天地万物的规约和检审。站在时间与自我之外，原野、森林、烟火、众生，天地有万物，道法自然，任何生命都是时空中的一个过客。

这个世界有很多有意思的事情，我都不知道。我知道得越多，未知就越多。世界越走越大，我越来越小，人类何其渺小。万物越来越高，我越来越低，如平坦开阔的大地，如大地上匍匐的蝼蚁。

在说话之前，先安静下来倾听，此时神灵正在我们心中默默说话。我们无法擦拭外界的灰尘，但可以为心灵留一方净土，在安顿心灵之后，一颗心由浮躁至沉静，间或也收获了一份超然。包容那些裂痕依旧的光阴，原谅岁月曾经的过失，人生有太多的苦楚与无奈，安放灵魂的依然是豁达与善良。

行走是以另一种新的方式触摸生活，把脚步串起来，挂在岁月中，这就是最好的修行。静静地行走在不被打扰的他乡和故乡，走着走着花就开了。

你问我旅程中我最喜欢的地方，我告诉你，不是马尔代夫的浮潜，不是巴厘岛的冲浪，不是清迈的悠闲，不是林芝三月的桃花，不是林贾尼火山的壮观，也不是琅勃拉邦的晨钟与暮鼓，不是小江河畔，不是东山顶上，不是普立印象，不是多依河风情，也不是一直让徒步人垂涎的阿尔卑斯风光。最美的风景，不是路过全世界，而是行走在路上。

在路上的人，没有出发，也没有结束，只有这中间未曾落幕的故事。每一个人都是我眼中的风景，每一道风景都有不同的生命底色，就这样行走于天地之间，岁月之中，不因遇到多少人，不为见到多少景，不在乎起点和终点，而是走着走着，突然发现不一样的心情，不一样的自己。

生命，又开始了新的旅程，心无界，路无边，景无限，最美的时光在路上……

第二辑　生命

母亲想要的那块紫色头巾

那天，看到一片紫色的薰衣草，是我有生以来见过的最美的花海。那微小的紫花，拖着静静的长蔓，仰望着蓝天，亲吻着白云，挑逗着微风，铺开阳光倾斜的影子，掠过生命的旷野，随漫天紫色，我的心绪飞得很远，很远……

脑海里一直回荡着薰衣草的花语：期待爱情。想起了《一帘幽梦》中紫菱居住的法国城堡，想起了她在紫色薰衣草园的身影，想起了母亲，想起了母亲一直想要的那块紫色的头巾。

那是我上高二时一个周末的早上，母亲赶着马车来城里进货，我们照例在百货大楼底下汇合。母亲一边把麦乳精和补脑汁塞进我的书包，一边指着一对擦肩而过的年轻夫妇对我说："那条紫色的头巾真好看！"注意力还在书包上的我顺着母亲视线停留的方向打探，朝阳中，女子头上戴着的那块紫色头巾很耀眼，男子牵着她的手，说笑着走向街的另一头。

母亲的目光追随着那块紫色的头巾，直到它消失在远方的人潮中。通常，连我高了矮了胖了瘦了都来不及打量的母亲，忙得脚底板翻天的母亲竟然在这件小事上浪费了几分钟的时间，我很诧异。

母亲收回目光时不经意地说："那年我和你爹结婚，在贵阳火车站，我也想要这样一块紫色头巾，你爹不愿意买，吃了一碗两毛钱的面，我们就回来了。”

母亲说这话的时候漫不经心，像是说给我听，又像是她自己在回忆。初谙世事的我看到母亲此时的眼眶是湿润的，准确地说眼里露出落寞，这个词我刚刚在琼瑶小说里读到过。对，小说中描写女主人公失落的情节时用过这个词。我像心疼女主人公一样突然心疼站在我面前的母亲，但我又不敢像同情女主人公那样热泪盈眶，一直以来，母亲的强大和严苛让我的情感不敢放肆。

我木偶般呆呆站在原地，看着母亲麻利地把货装完。那天母亲很沉默，既没唠叨叮嘱我要好好学习，也没带我去改善伙食，装完货往我手心里塞了二十元钱，就匆匆赶着马车走了。

我一个人握着钱站在大街上又发了很长时间的呆，我没有马上回学校，而是径直走进百货大楼，精心给母亲挑选了一块紫色的头巾，然后向售货员要了一张牛皮纸小心仔细地包好。

那个星期过得很慢，一周七天，我把头巾打开八回，看了又看，想象着母亲见到头巾时会是怎样的惊奇与欣喜！

终于熬到周六早上，又到了和母亲碰面的时间。当母亲惯例把麦乳精和补脑汁放进我书包时，我的手颤抖着，拿出那条紫色的头巾递了过去。母亲接手时问我是什么，我得意地微笑着示意她打开，那一抹紫色在阳光下瞬间耀眼地展开，我永远记得母亲抬头责问我时凄厉的目光和尖锐的叫喊：“谁叫你买的？”

我还来不及说些什么，也不敢说些什么。母亲话音刚落，那块紫色的头巾就从她的手上滑落，掉在了万人走过的街头，连同那张撕破了一角的牛皮纸……

我转身就往学校跑，泪水模糊了所有的事物，那抹耀眼的紫色，刺伤了我青春期关于紫色的所有向往。多少年来，我一直不喜欢紫色，一切关于紫色的物什成了我记忆中永远的伤。

而我的母亲，她像什么都没有发生过一样，每周还是给我送来一包麦乳精、一瓶补脑汁，一样脚底板翻天地忙着小店的生意，一样挑剔埋怨着我的学习和我生活上的短长。

我一直努力走在可以够到母亲眼中及格分的路上，而母亲一直走在抱怨的路上，从一个万元户挣到又一个万元户，最后在城里买房。

记得母亲第一次成为万元户的那天，她戴朵小红花回来，一回来就让我去洗脸，洗完脸帮我梳头，我不知所措地站在她面前。她微笑着从包里取出一块红色的头巾，那是明亮的朝阳的色彩，母亲随即给我戴上，端详几秒之后让我原地转一圈，再转一圈，然后说了这辈子我都无法忘记的一句话："好看！"我不知道母亲说我好看还是头巾好看，还是我戴着头巾好看，这些都不重要，重要的是"好看"，这是十七年来第一次得到母亲的赞扬。

这也是母亲第一次给我梳头，第一次笑着和我说话，第一次说我好看。当母亲的手指穿过我发梢的那一刻，当母亲用正眼打量我的时候，我真想靠一靠母亲，或者拉一下她的手。我的双手搓出了汗，但最终身子还是没有动。

那天母亲心情很好，我忍不住怯怯地问一万元有多少，母亲不但没有生气，还认真地告诉我："够你从现在上到大学。"母亲的这句话让我很兴奋，以至于第二天上学的时候我想把这个消息告诉我的好朋友小芳。但当我看到小芳在冬天还穿着露趾的单鞋时，我生生地把兴奋咽了回去，我甚至觉得这个兴奋有点儿对不住别人。这种兴奋就像一颗不能和同伴分享的水果糖，一直捂在我的口袋里孤独地兴奋了很长一段时间。

这时我才突然发现，十几年来母亲从来没戴过头巾。那个年代，在云贵高原上生活的女人们，或为御寒，或为装饰，或红或蓝或紫，都有一块头巾，而母亲一直没有，当母亲用她勤劳的双手赚到可以买一火车皮头巾的钱的时候也没有。直到后来我成家立业为人妻为人母，直到我经历了所有的伤，我才慢慢明白，母亲要的不是一块紫色头巾，不仅仅是一块紫色头巾。

很多年后我们一家人去桂林，途经贵阳，母亲在车上又说起那块紫色的头巾，还有那碗好吃的面。母亲说的时候情绪很激动，我似乎又看到琼瑶小说中女主人公凄楚落寞的神情。

我打量着父亲，父亲平静得像在听一个邻居谈论旁人的家常。我心疼地看着母亲，我既不能埋怨操劳了一生的父亲，也不能责怪心情永远处于低谷的母亲，更不忍心说我是他们婚姻的牺牲品。我只能说，花不是叶的故事，星不是月的故乡，他们像所有传统包办婚姻家庭中的父母一样，生儿育女过了一辈子，一辈子都不知道爱情长什么模样。而我的母亲，虽然她从来没得到过爱情，但她是懂爱情的，并且一直在期盼中等待、失望、焦虑，直到最后抑郁。

我们的母亲，还有像母亲一样的我们何尝不是这样，为了期冀中的那块紫色的头巾，一直煎熬在等待的路上。

那天我唯一能做的就是按照母亲的回忆，去找寻当年他们吃面的小馆子，两个小时徒劳地转悠，让母亲感慨已经不是当年。

几经问询，最后选了一家和母亲描述相似的面馆，我们点了很多贵阳的特色小吃，而母亲靠窗而坐，看着面前的那一碗面，久久没有动筷子，像是在回忆她的一生，以及一直没有到来的爱情。

此时我才深深知道，幸福满满的小家、儿孙绕膝的天伦都无法填平母亲沟壑纵横的昨天。无论我用什么样的方式来拥抱母亲，也无法治疗她的抑郁。

幻想着时光不老，岁月不伤，二十一岁的父亲亲手为二十岁的母亲戴上紫色的花冠，让母亲在那一片细长的花海里穿梭。紫色馨香里的灿烂，莫让细风碰碎紫色的意境，莫让季节扰乱清纯娉婷的长蔓，父亲候在入口处，静静地等着母亲，徐徐返还……

我与父亲

我想顺着父亲的皱纹，回到童年。至今无法忘记的，是那一锅煮熟再煎黄的洋芋，黄澄澄、金灿灿，像小山一样码在我记忆的窗口，几十年来一转身就能看见，看见父亲弯着腰翻着洋芋，一面一面炸黄等我起床。

能吃到这样的早餐一定是期中或期末考试的早上。父亲怕烫着我，怕油粘在我手上，通常用一根筷子戳在洋芋的中部递给我，然后看我一眼，郑重地说："好好考！"没太大把握的时候，我通常是不敢回应父亲的目光的，低头看着油锅里焦黄的洋芋。偶尔敢碰触父亲眼神的时候，泪水会和着口水一起下咽。我不清楚父亲是什么时候起床，什么时候生火，什么时候把洋芋煮熟，再用平常都不舍得炒菜的油来煎炸。

我们乡下孩子是不吃早餐的，早上起床揉揉眼睛小跑着就去学校，中午放学吃的叫早饭。以前家里早饭是母亲做，当我可以够到灶台的时候，是我做给干活的母亲和弟弟们吃。父亲常常在队部或田间地头奔忙，也可能是在乡里开会，县里学习。

像这样有洋芋可吃的特殊日子，很温馨也很忐忑，我心里一直暗暗下决心不能让父亲失望。当我还有理想的时候，父亲期许的目光一直落在我心上，我就想一定要有点儿做大事的模样。直到年复一年的激情张狂过后，当理想瘦成风筝飘在了天上，我才清醒地认识到，世界其实很大很大，自己很小很小，小到只想趴在父亲的背上。

父亲背我上学的那几年，我不知道是无意还是有意，双脚总是挫伤，不是左脚看不惯右脚，就是右脚对不起左脚，内侧的脚踝常常旧伤好了新伤不断。这时，父亲就会延迟上班，早早下班，背我上学，接我放学。

记忆中最温暖的画面就是早上醒来看见父亲坐在床沿儿。等鸡叫第二遍的时候父亲才会叫醒我，这时天差不多也就亮了。父亲轻轻把我的脚从被子里挪出来，放在他腿上，小心翼翼掀开纱布，小心翼翼消毒，小心翼翼涂抹药膏，小心翼翼用新纱布重新把脚踝包裹好，过于小心让父亲拿棉签的手有些颤抖。酒精消毒时，父亲说："疼，你忍着点儿。"每次我都闭上眼睛忍着。

当我再睁开眼时，阳光从瓦楞中照进来，在父亲的发丝、额头、衣袖、我的脚踝之间移动。光影里微小的尘屑，纱布上那根多余的细丝，父亲白衬衫领口上破损的毛边，多年后都在我记忆中明暗浮动。

父亲用袖口把额前的汗水抹去之后将胳膊伸向我，扶我下床，给我打洗脸水。我梳头时父亲抽查我头一天的作业，他边看作业边皱眉头的样子让我很紧张。他蹲下来帮我系鞋带的时候没有说作业的事，他背上我出家门开始下大坡的时候也没有说。

就快要到学校的时候，父亲抖了抖肩膀，换了个没有差别的姿势，同时又把交叉成板凳形状的两只手挪移了一下位置，这才开口说话："前天不是快好了吗？怎么左脚又有新伤了？两只脚记得打直了再走，不是教过你很多遍了嘛，怎么还是没矫正过来呢？再这样下去，我怕你的脚会废掉。”父亲没有提及作业的事，我松了口气。

我的脚是不会废掉的，这是我幸福的密码，虽然擦酒精的时候真的很疼。

我静静靠着父亲的肩膀，贴着父亲的背脊，闻着父亲特有的气息，穿过村庄，穿过校园，穿过校园长长的走道……阳光暖暖，把我们的影子拉长，缩短，又拉长，我们的影子像一棵小树长在一棵大树上。

这是父亲和我的时光，我希望家和学校的距离远一点儿，再远一点儿。这是一段美好的时光，这真是一段美好的时光啊！

长大后，我才知道这叫内八字。我和父亲是一样的走路习惯。父亲当年一定知道，他的女儿为什么总是旧伤好了新伤不断。

记忆中父亲打过我一次。那是大年初二的下午，他让我去河对岸请医生来给奶奶打针。当时我们全家从大沟边栽树回来，弟弟他们躺在青松毛上刚打开电视。电视是腊月二十八父亲才从城里买来的，同时在黑白屏幕上加了个彩色的玻璃壳子，这样就有了彩色电视的视觉效果。那些炫目的画面让我们着迷，把我们带向一个前所未知的世界，那时最爱看的当数春节联欢晚会，回放几遍都意犹未尽。

我们家每年从大年初一就要开始栽树，栽完树，过完年，接着敲垡子。敲垡子就是用锄头击碎地里那些很硬很大的僵性土块，一天下来，手上全是大泡，第二天还得接着敲，因为要赶在春耕之前敲完，敲完我们也就开学了。这时，看电视就成了我们最奢侈的精神享受。

此时，我也想和弟弟们一起躺在青松毛上看电视。我不假思索地对父亲说：“张家李家忙过年，只有你家忙栽树忙请医生。”“忙请医生”是我临时加上的，其余两句是刚刚大席功路过大沟边对着栽树的我们说的。还在院子里放锄头的父亲直接走到我面前，一巴掌打到我的腿上说：“你跟一个疯子学什么舌？”那件事之后我再没学过舌，一次都没有，请人给爷爷奶奶打针都是我去。之后，父亲再没有打过我。

与父亲书信往来是从我读师专时开始的。我记不清楚第一封信是我先写给父亲，还是父亲先写给我的。师专离家也就两百公里的路程，我大部分时间是一个月回家一次，父亲也是一个月给我寄一封信，在月中的时候。

只有一次是几天一封，一封接着一封，只说一件事，重复交代其中的轻重利害。后来，他还是不放心，亲自到学校当面交代我，不要人云亦云，要多读书。那年，我几乎每天都在图书馆里读书，虽然没有按照父亲的意思去读那些名著，但我看完了图书馆里所有的琼瑶小说。

父亲一共来过我们学校两次，还有一次是我谈恋爱被班主任通知家长到校。当我把那个人带到父亲面前时，父亲没说一句话，临走时他交代我不要放弃专升本的机会，不要误了学业，毕业后务必要回家乡教书。

后来那个男孩儿和我一起回到了家乡，成为我孩子的父亲。

父亲写的字清朗明亮，但有一点儿潦草。那个时候我也会收到一些男孩子的来信，我总拿他们的字和父亲的字比较，只看信封上的名字，他们就输掉了。在父亲笔下，“宁红瑛”三个字总是那么娟秀和端庄。

父亲特别强调汉字的书写，他说把字写好和把衣服穿好一样重要，字如其人。父亲在把着我的手一笔一画练字时就告诉我，一个中国人如果连汉字都写不好，就不算真正的中国人。小学阶段，为了成为一个真正的中国人，我是下过狠功夫练字的，只是初中以后没有父亲的监督，字才慢慢跑出了边界。

要是父亲一个月给我来两封信，那就是我两个月没有回家了，两个月不回去的大部分原因是和母亲赌气。父亲信上会说两个弟弟的学习情况，要我做好榜样带好头，说母亲的辛劳，要我多体谅。

“你妈想你了，有空就回来。”这是父亲每次写在信末的一句话。即使母亲没说，父亲也会在信里这样写，我知道。

我每次看到这儿就会捂着被子哇哇地哭，哭完就回家。

在母亲的打骂声中，我多少次跑向山冈，还有常去洗衣服的水塘，只要再往前走一步……我想我的童年是抑郁的，只是那个时候不知道什么是抑郁症。

每当我有轻生念头的时候，就会想到父亲和奶奶。我死了，父亲会不会责怪母亲？奶奶会不会难过？每当我有这种想法的时候，就会想到父亲对我说的那句话：“你妈其实比我还在乎你。”父亲和我说这句话的时候，我觉得他们两个是一伙的。但父亲没有嫌弃我无能，没有因为找不够猪草、洗不干净衣服而打我，我又觉得他们两个有着本质的区别。

父亲每次出差给我买回来的衣物，带回来的书籍，让我暂时忘了满腹的心事和做不完的家务。还有父亲的背脊，父亲写给我的书信，父亲在场或不在场的爱。那时奶奶总是站在村口等我放学，给我留糕点留饭菜，在我慌恐害怕时，将我揽入怀中。奶奶的怀抱就是我的避难所。每次我哭着扑入奶奶怀抱的时候，她就一边抚摸着我的头一边说："很快就长大了，长大就好了，长大寻个好人家，离开她。""她"是指我母亲，离开"她"是我想要长大的所有动力。

父亲和奶奶如一条隐秘的岁月之河，一直悄悄流入我的心田，一路滋养我，治愈着我的童年。童年时滴在书页上的那些泪渍，成为我没有被治愈的部分。当我以为自己用半生的光阴把那部分治愈了的时候，才发现是因为我理解了母亲，理解了母亲不可一世的背后的孤独与脆弱。

现在回头再看那些山长水远的来路，才发现父亲一直在为我和母亲铺一条路。"你妈想你了""你妈比我更想你"，父亲手里一直捏着砖石和土块，用它来修补这条路。因为这条路，我最终没有走上那条路。因为这条路，我最终完成了对自己的救赎，懂得爱，被母亲爱和爱母亲。

婆 婆

婆婆从数百里外的省城赶到我们生活的地方，是因为我和她儿子第一次起诉离婚，和她一起赶来的还有在她们老家有头有脸的亲戚。

婆婆那晚说了好多，她把一个母亲的心全都掏了出来："都是我的错，是我没教育好，关键那几年我不该把这孩子留在老家，也是穷啊，老头子那点儿工资根本养不活四个孩子，城里学费贵，也怪我无用无能！这孩子怎么不学好啊？"婆婆捶打着他的儿子，也捶打着自己。

看我执意要离，她就在我面前跪下，跪下时手上还抱着我两岁半的女儿。我当时吓傻了，赶紧去拉婆婆，拉不起来时，我也跪下，跪在婆婆面前。婆婆用乞求的眼神望向我，女儿大滴大滴的眼泪掉下来，我们三个人抱着哭，抱着抽泣……最后以她儿子的书面检讨和保证书结束了我的起诉。

我妥协了，不是信了她儿子的保证书，而是承载不了一个母亲的膝盖。

第一次去见婆婆，是我上大二时的暑假。那年我二十，婆婆是我现在的年龄，我是她儿子近水楼台的同桌。去时她正在地里掰玉米，看到我没有意外的表情，看来她儿子事先和她报备过了。

她边打量我边对儿子说："快带她回去喝口水，我掰完这一筐玉米就回去做饭。"我怯怯地说："我们等你一起回去。"随即去帮她，她走过来抢下我手中的玉米说："这活哪能让你干，不掰了，都回家吧。"

回家的路上她一直没说话，没有像其他婆婆第一次见面那样问长问短，我忐忑地跟在他们娘儿俩后面悄步走着，就在快要跨进家门的时候，她突然转过头来望着我说："终于找到一个管他的人了。"

我这个丑媳妇来见公婆前带着的那十二万分胆怯，在婆婆粗门大嗓的这一句话里慢慢放松了下来。我就这样过了婆婆这一关，过了婆婆这一关就过了公公那一关，就过了全家人的关。

从成为家庭成员的那天开始，婆婆一直叫我"小玉"，在外人面前常常加上两个字："我家小玉"。只要说起和我有关的人和事，婆婆都会加上"我家"两个字，这两个字让我有了和其他两个儿媳妇不一样的归属感，我是她的，我是她们家的。

结婚之后，我们转行进了现在的单位，和公公同属一个系统，生活在不同的城市。回家探亲时我才知道，公公已经把小姑子从老家调来，和他们一起工作生活。婆婆和我说："本来应该调你们两个的，一个系统相对好调些，调两个也合算，但你妹一个姑娘家在那么偏远的山区，我和你爸爸不放心，想着你比我们还心疼妹妹，没和你商量就调来了。"

婆婆说的是实情，我心疼唯一的妹妹是真的，我心疼我将来的孩子也是真的。那时我正怀着七个月大的孩子，婆婆公公所在的台站是省城，我们所在的台站是县城的乡下，周围没有幼儿园，也没有学校。婆婆的话入情入理，我心里虽有一些委屈，但打心底也心疼才十八岁就在老家教书的妹妹。一个家庭的温暖就是在成全和被成全中建立起来的，就像婆婆当年照顾成全她的兄弟姊妹。

婆婆是寻常的家庭妇女，但她教会了我很多人生道理。记得怀孕时有一次做产检，医生无意说漏我怀的是男孩儿，可呱呱坠地之时却是个女孩儿，我怀疑孩子被人替换了，婆婆却笃定地把孩子抱过来：“没错，一看就是我们家的孩子。”婆婆把女儿抱在怀里的喜悦之情溢满眉眼：“看这双黑黝黝的大眼睛就知道是个健康的孩子，是和妈妈一样聪慧的孩子。”我悬着的心这才放了下来，至少，婆婆没嫌弃我生的是女孩儿。

就在孩子出生的同一天，公公的父亲去世，也就是我孩子的老祖，老家打来电话的时候，婆婆刚把孩子捆好递给我。婆婆当时对公公说：“老人已经走了，也算是福禄双全，你先回老家，我留下来照顾小玉几天。”

婆婆直到出殡前两天才回去送老人，这期间我催过她几次，她一再说：“就是你爷爷地下有灵，他也希望我好好照顾你和孩子，这孩子的出生和老祖的离去是有因缘的，老祖会一直护佑她。”当时我年轻，悟不透婆婆话里的玄机，但我明白，走的人一定希望他的后人好好活着。

在婆婆家坐月子的日子，是我这三十年中待在婆婆身边最长的日子，那是一段温暖而美好的时光。

婆婆和我说老家，说同事，说她的经历，也说一些人间至理。其实婆婆不是一个健谈之人，但婆婆的话里充满智慧。自幼在严苛的母亲身边，我不敢有任何越雷池的顽皮和肆意，而婆婆宽厚的性格，视我如己出的温润，弥补了我缺失的母爱部分。不管我做得好与不好，婆婆对我的肯定，最大程度的信赖，让我性格中那只小兽始终没有出来咬人。我想，我后天性格上的那点儿豁达与乐观，很多得益于婆婆的言传身教。

婆婆时常这样说："你外婆一直和我念叨，你靠得着。"可以让婆婆依靠，这是婆婆的妈妈对我的信任，也是婆婆对我的肯定。三十年来，我一直记得。

三十年里最得意的就是别人这样问她："老二家又带东西来了？"这时婆婆就会故作责怪地说："是了嘛，我们家小玉带来的，连洋芋都要拉来，不过，这洋芋就是比我们这儿的好吃。"

婆婆的衣物，大部分是我事先买好了再拿给她。我了解婆婆，要是带着她去买，转一天街她都会说不合适。即使给她几双我批发来的袜子，她都会说："这个太贵了，你留着穿，我穿糟蹋了。"要是这次回去给她买了衣服，下次回去她准会和我说，某某某、某某某又问她了，这衣服是在哪儿买的，太好看了，你家小玉真舍得给你花钱。

婆婆说的某某某是指在一起玩儿的姐妹，大都是她们那批农转非的家属。她们有空常会聚在一起唠唠，比比谁家的儿子最成器，谁家的儿媳最孝顺。

我是婆婆家第一个迎娶的媳妇，排名二儿媳。婆婆的大儿子是我们那个年代的本科生，是单位出钱要去的人才，也是最让婆婆骄傲的儿子，同时也是让我们骄傲的大哥。当我和小姑子无意发现大哥已经和单位邻村的女孩儿领了结婚证，吃惊地告诉婆婆时，婆婆这样做我们俩的工作：“我也是家属，现在生米都已经做成熟饭了，好不好吃都得咽下去，不能亏待人家姑娘。”

婆婆就这样应允了大哥大嫂的婚事，我们都知道这是万不得已的成全。婆婆是尝到过一工一农苦头的，早年两地分居，一个人带着四个孩子在老家种地，后来农转非才和公公生活在一起。孩子多，工资少，又遇上国家困难时期，她就在公公单位的空闲地上种几亩庄稼，养几头猪，也去隔壁厂打点儿零工。就算这样也难以养家糊口，最后不得不将大点儿的三个孩子送回老家，托付给父母兄妹代管。

往后的这三十年里，我见证了大哥大嫂的婚姻，有遗憾，有感慨，也算圆满。

婆婆是一个最不愿麻烦别人的人，哪怕是自己的孩子。她做大手术的事，一个月后才让小姑子告诉我们，客观上是隔得远，主观上是她不想给我们添麻烦。她儿子为这事抱怨她，她说：“你们上班忙，孩子又面临高考，我这是小手术。”虽然婆婆直到现在也不知道自己的病情，但手术大小她心里明白。婆婆住院期间，公公背着她买了十万块钱的保险，保险的条件是她再活五年就能回本。那会儿她刚做完手术出院，知道这事后差点儿又进了医院。

事后婆婆想开了，对我说：“为了这十万块钱，我也要好好活着。”我知道婆婆一生拮据，热爱人民币像热爱生命中的每一天，这几乎是两个老人一生的积蓄，我相信，她为了她的人民币也会好好活着。

当然，还有后来出生的两个小孙孙也是她精神上的一大支柱。从出院到现在，婆婆神奇地走过了十年，而那时医生推算她的生命长度最多不过六年。

婆婆手术后的第二年，她的小儿子有了儿子，需要她去带孙子。她每天转两次车才能在指定地点跟小儿媳会合，会合后再到城外的郊县。小儿媳上班，她带着孩子在附近玩儿，两个小时抱去喂一次奶。我心疼婆婆术后没有得到静养，这样折腾太辛苦，婆婆却说："辛苦我也高兴，我不是去给人打工，我是去带自己的孙子。她每天这样奔波也是为了我儿子和我孙子，我不是帮她，是她在帮我们全家。"

婆婆说的这个"她"是指小儿媳，有孙子之前，她们甚至没来往，小儿子也很少回家，就连结婚都没有通知家里人。在这儿，我省略了很多字，一个家的辛酸与无奈，所有人的委屈与不易，不能用简单的对错来评判，尤其在那艰难困苦的岁月里，最让你失望的一定是亲人。

婆婆可以咽下所有委屈，是源于她对孩子的爱，爱屋及乌。

我和她儿子第二次起诉离婚，婆婆赶到时我躲了出去，我没接她电话，我没再听她说话。这次真的离了。回来收拾东西时，邻居对我说："你婆婆几天几夜不睡哭着喊你的名字，中途昏过去好几次。"这样的情景我不止一次见过，她一边数落儿子一边捶打自己，所有的过往像电影一样回放。疼，心疼，此时我才发现我离的不是婚姻，是战友，是闺蜜，是妈妈。

离婚时，我的孩子九岁。十岁那年陪她吹完生日蜡烛，我准备回去上班时，女儿用双手紧紧抱住我的腿，撕扯着不让我走："妈妈，你带我回家吧，你们离婚后我在外婆家像只寄生虫，外婆天天骂我，说我和我爸爸一样都是白眼狼。”女儿大滴大滴的眼泪掉在我的心上。

我明白自己母亲的脾气，恨屋及乌才累及外孙女，罪犯逃走了，她只能找人质清算。离婚前我是认真考虑过的，独自承担孩子的教育和抚养会遇上种种困难和压力。但我没想到父母离异后孩子会有无家可归的失落感，我以为孩子自幼跟着我的父母，并且一直跟着，就不会受到太大的冲击和伤害。其实每一个家庭的离异，到最后都是孩子在承受后果。

我和母亲长谈之后，决定暂时把女儿留在她身边，实际上是我没有选择，单位离城远，附近又没有就读的学校。让我万万没想到的是，我那么乖巧好学的孩子会逃课，会叛逆，会出问题，是我错了！

四年后我再见到婆婆，是我和她儿子复完婚回到那个家，她拉着我的手说：“这样就好，这样最好。”我说：“孩子正值青春期，心事重，我很担心。”婆婆说：“撇开孩子不说，这么多年你都没找，说明你们是有感情的，复了就好，复了样样好。”我又开始听别人说，婆婆在外人面前提起我，还是“我家小玉”。

很多年过去了，过不去的是我的日子。某夜，凌晨三点，我拨打婆婆的电话：“妈妈，我真的过不下去了。”我一直哭一直重复着这句话，婆婆也一直说着几十年来的那句话：“我没教育好，我就不应该把他留在老家。”这句话我听了几十年，烦了，厌了，不想再听了，我对着电话吼：“几十年你就拿这几句应付我！”

我在埋怨，也发出了绝望的呐喊。那是我和婆婆最后一次通话。其实我心里明白，婆婆心里也明白，我们都无能为力了。这次之后我再没回过那个家，我已经不想再听婆婆说什么了。

直到女儿长大懂事后和婆婆说我们分开的事，婆婆说："真离了，你爹就什么都没有了。"婆婆只担心她自己的孩子什么都没有了，至于别人家的孩子，她顾不上。

想起婆婆的妈妈，外婆活着的时候和我说过这样一件事："有一年你妈带小子回老家过年，在火车站转身发现小子丢了，你妈发疯地找，发疯地抓住来来往往的行人求帮忙，冲进火车站广播室抢过人家手里的话筒就喊，人家把话筒拿回去你妈又抢回来，拳打脚踢骂人家见死不救。找到小子时，你妈抱着他坐在大街上哭，拉都拉不起来。"

外婆说完，婆婆补充："如果那天找不到小子，我不会活。"婆婆可以为了她的儿子去拼，去抢，去死，至于其他，都次要了。

又是很多年过去，再见到婆婆，是那年女儿在省城医院住院，婆婆来给我们送饭。我们没说话，我们都在刻意回避着彼此要说的话，我们已经很疏离了，甚至怀有怨恨。

几十年中，她或许也和我一样用尽菩提之心去引渡，去泅渡，祈求、哀鸣、悲痛、绝望，更多的时候是期待。我们都站在彼岸等花开。输了，她输了，我输了，我们都输了。

我曾以为有些东西是带着我生命标签的，别人拿不去，后来慢慢发现它们只是暂寄在我这儿，终究，时间薄情，岁月薄凉。婆媳和夫妻一样，可以是"亲爱的"，也可以是碍眼的；可以是"我家小玉"，也可以是"我家小娟"，加不加"我家"这两个字都一样，其实，最终的话语权不在婆婆那儿，是在婆婆的儿子那儿。

婆婆可以牵着我的手去买菜，也可以牵着小娟的手去逛街，婆婆牵我手的前提是她儿子还牵着我的手。她儿子发自肺腑地说过“亲爱的”和“我家小玉”，就像碍眼和怨恨都真实存在一样。

最近一次看到婆婆，是她和女儿去旅行时的合影，女儿幸福地挽着她的手臂，极像当年的我们，当时她脚上还穿着我托同事捎去的鞋子。

这个做过我婆婆的妈妈，与我终是渐行渐远，像我的年华和爱情。而她说过的每一句话，都藏在我的生活里，长在我的生命里。

写在父亲七十岁生日

父亲出生在一个叫宁家营的地方，这是一个杂姓且人不多的小村子。从父亲的爷爷往上再追溯几代，他们都住在宁家营，如果追溯到久远的周文王之苗裔，那就是族谱上祖宗的源头了。

宁家是小姓，也是显姓。一个家族可以传承十代以上的是家风，德行次之，诗书再次之，财富不过三代。从这个意义上说，祖宗的遗风或有传承，但毕竟太久远了。

父亲的爷爷以贩盐贩糖为生，在土匪猖獗的年月里，从东川贩糖回程的路上被土匪害死。祖爷爷从此被留在会泽大山里，家乡坟堂里埋的只是他的衣冠。被害那年祖爷爷四十一岁，丢下年幼的三个孩子。

父亲的父亲是个宰猪匠，匠字里排行最小的手艺人，这手艺也就年关时有生意，其他时候还是以种地为生。

爷爷一共有四个孩子，父亲是家里最小的一个，也是家里唯一的读书人。那时一直读到中专的农村娃娃不多，直接从初中考上中专的娃娃更少。父亲就读的昆明冶金工业学校，是当时取分相对高一些的，他在这里读了一年半。当时这所学校隶属国家冶金部，不收学生的学费和生活费，这可能也是父亲当初报考这所学校最主要的原因。后来学校进行体制改革，划归地方办学，一年七元的学费，一个月五元的生活费，还差一年半就毕业的父亲被迫辍学。

知道父亲因为七元学费、五元生活费辍学的那年，我念初二。县里有关部门派人来对父亲进行外调，后因他没有毕业证而不了了之。我替父亲抱屈，一遍遍问爷爷奶奶："眼看就毕业，眼看就可以挣钱养家了，你们为什么不坚持坚持让我爹读完？"奶奶抹着眼泪，爷爷大口大口吸着旱烟，他们都没有说话。母亲从隔壁房间探出头，在过道门那儿对我说："你以为七元五元是个小数目？那时候这点儿钱可是要人命的。你大表叔就是因为每个月没有这点儿钱买药，四十不到就走了。"

我无法想象那个年代钱的价值，但这以后我没再问过爷爷奶奶，没再问过任何人。这其中万不得已的苦衷只有爷爷奶奶知道，万般无奈的苦楚只有父亲知道。

上高中那年，奶奶一边帮我收拾行李，一边一个劲儿地和我说："你一个女娃娃家都能上学，真是赶上好时候了。你爹回家务农那年才十七岁，身子单薄，听说在空山洞敲石头能得到双倍的工分，劝都劝不住就去了。才几天的工夫，细皮嫩肉的手上全是大泡，后来大泡慢慢磨成茧子，茧子成了老茧，不到半年你爹就和村里的强劳力拿一样的工分了。只是那老茧的印迹，到现在都还留在手上……"奶奶说到这儿又开始掉眼泪。"还好后来老天长眼啊！大队领导不知是看上你爹能吃苦，还是能识文断字，就把你爹要到大队上，让他做了文书。"

那时的大队相当于现在的村，隶属公社管辖，公社相当于现在的乡或者镇。父亲在大队一做就是三十几年。这三十几年，父亲从文书做到支书，从这个大队的支书做到另一个大队的支书。他没有再离开这片土地，直到退休。

父亲挣钱不多，但活儿干得多，做的得罪人的事自然也多，还常常累及家人，母亲为此时有抱怨。面对母亲的抱怨，父亲总是看着远方慢慢悠悠地说：“让他们骂两句，骂不掉一块肉的。关乎人家切身利益的大事，让人家有个回合的时间，他们慢慢会转过弯来的。”

父亲说完，母亲也会慢慢悠悠回一句：“总有一天人家会把你家的房都拆了，你这是何苦呢？”

房倒是没被人拆，但这苦落在了我的头上。记得大二那年我放寒假回来，父亲逼着我去拜见干爹干妈。我都二十几岁的人了，认什么干爹干妈？况且我是有干爹干妈的。我四个月大的时候，不吃不喝，昼夜啼哭。用奶奶的话说，天被我哭塌了，心被我搅碎了，加上先天不足，奶水不够，什么法子都试了遍，眼看就要养不活，奶奶便抱着死马当活马医的心态，背着我去一个叫紧风口的山上拜了干爹干妈。

说来也怪，赐名之后，在人家家养了一段时间，我竟奇迹般活了下来。为此，奶奶从小就跟我念叨：“你这条命是李姓人家给的，你要记得。”我一直把奶奶说的话记在心里，到现在我们家里人还一直叫着这个李姓小名。这才是赐我名字佑我长大的干爹干妈，我怎么可能再去拜其他的干爹干妈呢？

我犟着不去，直到父亲说出了苦衷。邻村那个有三个儿子的妈妈，一定要将腹中五个月大的孩子生下来，她认定怀的是个闺女。父亲带着工作组登门做思想工作，每次都从国家政策说到天下道理，可那个妈妈寻死觅活就是要生。有三个儿子还要再生，从计划生育年代过来的人都知道这是不可能的。但这也是两条人命啊！就在父亲黔驴技穷之时，这个妈妈提出同意去做引产手术的前提是我得给她家做干闺女，我听完父亲的复述后哭笑不得。

我问父亲：“万一以后工作组再遇到像这样以死相逼认闺女的人家，你该怎么办？你才一个闺女啊！要是人家再提出其他苛刻条件，你是不是就把我嫁了卖了？”父亲看着我一下就笑了，他说：“自古就有和亲之说，一个国家为了边关稳定尚且可以牺牲公主，你仅仅去给人家当个干闺女，要顾全大局嘛。”

我知道这个妈妈是在给自己找台阶下，她心里一定也清楚在当时的背景下这手术必定要做。可能父亲也清楚，但他还是应承了人家。后来，这大局我还是顾了，我就像父亲给人家送去的红糖和营养品，算是对那个妈妈的安慰吧。我和这个妈妈，也算是有缘分碰上了，我的生命中因此又多了一个亲人。

父亲也有一筹莫展的时候。这时，他会一支烟接一支烟点燃、掐灭，掐灭、点燃，枯坐半晌吐出一句话：“难啊！”每当父亲吐出这两个字时，我们就明白他和乡民们是真正遇到难处了。要么是上级命令快办，而百姓又严重抵触的棘手之事；要么是碰到灾荒之年收成不好。前面的难处在于父亲一边要体谅乡民的思想觉悟和个体实际情况，另一边必须在上级那儿交得了差。这就需要父亲拿出庖丁解牛的经验和水平来，才能做到游刃有余。后面的难是因为当时的国情，物资匮乏，受灾的又不止一方。父亲只有一边带着乡民想办法找路子，一边向上面申请有限的救济粮，但绝大部分还得靠自己解决。

我现在能想起来，就是每到灾荒之年，父亲派有能力的乡民用一部分洋芋种去邻省换大米，回来掺野菜当饭吃，来年再把剩余的洋芋种破成两半耕种。另外就是用野菜掺苞谷饭度日，那时的日子真的难啊！为了鼓励大家多挖野菜，大队实行评标兵制度，谁挖的野菜多，父亲就在广播里表扬谁。所以大人们总对自己家偷懒的娃娃说："你看人家大关宝，昨天挖的野菜最多，你二爹都在大喇叭里表扬他了。"

记得那时我挖的最多的是柳生洋芋。柳生洋芋就是头年收洋芋时不小心落在地里，第二年再长出来的洋芋。柳生洋芋和洋芋一样好吃，甚至更好吃，挖到它就等于捡到了宝。首先洋芋不用掺野菜，另外洋芋抗饿，这是眼尖手急的小兰香告诉我的秘密，她让我别告诉别人，结果每次都有人先我们一步去挖。那时的人真的很聪明，尤其饿肚子的时候。后来个个都知道了这个秘密，就是大广播不表扬，大家都要先挖了柳生洋芋再去挖野菜，我也是。

父亲在家排行老二，他还有一个哥哥、两个姐姐。在农村，儿子和女儿是分开来排序的。那时上面来的领导叫父亲"宁同志"，外村人叫父亲"宁支书"，而村里人都叫父亲"小伯"或者"二爹""二叔"。"伯"是父亲名字中的一个单字。你别看这称谓，里面可藏着很深的亲疏关系，这是一种说不清道不明的关系。尤其当你有了一点儿头衔之后，或敬畏或生分，大家就开始叫你的官衔，似乎从此你家的门槛就比之前高了一篾片。而父亲与他的乡民一直形同鱼水，叫什么或者不叫什么，识文断字的父亲或当小吏的父亲，都是"小伯"，都是"二爹"，从来没有变过。

现在我还能想起父亲当年的样子，白衬衫外面配上西服，端端正正地坐在大队部或者家里放旧书的阁楼上。面前是一台四四方方的机器，一根黑色的线头连接着黑桃树上的大喇叭，父亲的声音就是从那个喇叭里传出去的，多远都能听见。从小到大，包括现在，只要不在田间地头劳作，父亲几乎都穿白衬衫配西服。不管衬衫和西服的质地好坏，总是干净整齐的，我想，这是父亲作为读书人回到土地上唯一保有的斯文和绅士吧。

父亲通常会在传达政策之前放一首那时流行的歌，比如《北京的金山上》，或者《我是公社小社员》。所有孩子一听到喇叭里的歌，就会轻悄悄跑来我们家，蹑手蹑脚地趴在楼口，我也趴在楼口。我们发现父亲不带文件不拿稿子，就用方言土话传达文件，偶尔也会穿插几句文绉绉的书面语言。父亲有时讲十几分钟，有时一个小时，有时长达两个多小时。除了小敏功中途会在楼梯口睡着，其余孩子都要听到父亲扯下线头关了机器才会离开。

在那个小人书匮乏的年代，我们听得津津有味。也就是这样的耳濡目染，三岁时我就能背诵《弟子规》。从某种意义上说，父亲是我的第一个语文启蒙老师。大一些的时候，我会问父亲怎么记得住那么多的内容。父亲就会指着我的书包说，这和我背课文一样熟能生巧。大人可没有我们小孩儿这样的待遇，他们都是在田埂地头，喂猪做针线时边听边干活儿，父亲也会选择在农闲的时候给乡亲们宣传党的政策法规。

后来，父亲带头养猪、养鸡，养了很多的鸡，我们那段时间吃鸡蛋像吃洋芋一样过瘾。父亲还带领我们在山沟地埂上种树，种的最多的是倒插柳，父亲认为倒插柳成材快，收益高。我们家还开了个小卖部，卖烟、卖酒、卖干粑粑。干粑粑八分钱一个，我记得很清楚，那时弟弟一次可以吃上一摞，但母亲看得紧，得手的次数不多。后来也有乡亲跟着我们种树养鸡，只是没我家种的树多，养的鸡多。

苦苦巴巴，日子总算是熬过来了。

父亲曾经扮演过《红灯记》里的李玉和，那时这部话剧在各个地方都掀起过小小的高潮，父亲因此成了远近闻名的帅哥，按现在的流行说法，父亲就是演男一号的男神。

鸠山说："我要打垮你的意志。"李玉和说："共产党人的意志是钢铁意志，你们是打不垮的。"

这两句是剧里的经典台词，父亲一直记得，我们全家也印象深刻。父亲确实帅，他不仅是形象好，还有他对革命和同志的忠贞。

父亲用他的智慧和良心帮助过一些人，也保护过一些人。

多年后，很多知青辗转找到我们，感谢父亲当年对他们的接济和照顾，来还当年父亲给他们的粮票钱。尤其那些下放的干部和流放的外乡人，父亲给予他们的是一个家的房檐，亲人般的庇护。我记得，有人把书藏在我家米罐里，有人把手稿藏在我家供桌下，还有人藏在我家阁楼上。父亲当年就是用这种方式保护了一些人。

如果当时有风险评估这一说，那父亲做的这些事情，或许会让他丢掉乌纱帽，或许会给我们一家带来灾祸。常在河边走的父亲，湿了鞋子的后果他不会不知道，但他还是那样做了。

父亲因为年龄、婚姻、文凭，曾三次错过走出这片土地的机会，但父亲帮助很多人走出了这片土地。父亲常说，农村人走出去不容易，尤其家庭成分高的那些孩子。而那些孩子，后来都成了国家的栋梁，这是令父亲感到欣慰的地方。父亲说，成就人家一辈子的事业，就算当时担点儿风险，也值得。

像父亲这样的村干部属于在职不在编，工资很少。按母亲的话来说，父亲一年的工资还不如她养两头猪换来的钱多。父亲干了三十几年，退休时工资只有两百四十八元。父亲对于“铁饭碗”是比较看重的，每当我们有下海经商另谋出路的念头，父亲都要和我们谈“铁饭碗”的重要性。他觉得不管什么样的饭碗，只要不是铁的都没有保障。父亲常说一句话：“你端着公家的‘铁饭碗’，病了公家医治，退休了公家养老。”

之前我一直以为，父亲只是为就医养老的事一直让我们要端稳这“铁饭碗”。直到衣食无忧多少年，父亲还在念叨“铁饭碗”，甚至一再对我女儿说，不管你在公司挣多少钱，离开了就离开了，没人再管你。然后说到他那些端“铁饭碗”的同学，退休几十年了组织还在关心，还来慰问。

此时我才明白，这个曾把自己的一切都给予那片土地的老共产党员，他说的“铁饭碗”不仅仅是就医养老，这其中还有被时代和组织忘记了的隐痛。

父亲退休之后去了昆明。那时在昆明搞建筑的四叔承包了民族学院招待所，父亲去帮四叔打理招待所生意。父亲在民族学院招待所任经理十年。十年，这里几乎成了乡里乡亲到省城吃饭住宿的基地。亲人、朋友、熟人，甚至路人，来了都把这儿当家。求职的、求学的、找出路的，吃住一条龙。乡音乡情曾一度在这儿织成一张温暖的网，交织在四叔和父亲的热诚里。

那段时间，父亲一直在为村里饮用水的资金问题东奔西跑，不停地找曾经的老领导，求助相关部门，其中的难言与辛酸父亲没说。这条路承载着父亲的希望，这条路见证着父亲的失望，直到项目批下来。项目下来时父亲回乡，六十多岁的他每天带着村民往返于箐沟水渠排沟埋管，直到把水引到每家每户。母亲后来对我们说，父亲回到昆明时像个山贼。父亲却很欣慰，总算办成了他一直挂在心里的大事。做成这件事，只有在家乡生活过的人们才能体会其间的不易。家乡缺水，尤其每年春季，几乎没有饮用水。

母亲说父亲一辈子都在往自己头上揽破帽子。乡民的事，亲人儿女的事，几十竿子打不着的路人的事。至于父亲三十几年具体为这方百姓做过多少事，帮过多少人，当时不谙世事的我不是十分清楚。只是我们现在每次回家乡办事，举家再回到离开二十几年的家乡重新翻盖老屋，来自邻里乡亲的温暖和帮衬，让我看到了父亲当年为人做事的模样。

我想父亲一定是把他识得的字、做人的样，像庄稼一样撒在了这片土地里，让这片土地慢慢长出了如庄稼一样丰茂的福泽。福来福往，不管是父亲对于这片土地，还是乡邻对于父亲，这福泽一直藏在时间里。

父亲和母亲在半包办中完婚，在风风雨雨争争吵吵中过日子。他们算是表兄妹中的远亲，外婆也姓宁。我家一共有三个孩子，我排行老大，下面还有两个弟弟。父亲这辈子唯一欣慰的就是如愿把三个孩子送进了大学，并且他们都有了“铁饭碗”。尽管他的三个孩子平凡，但父亲很满意也很知足。

父亲对于他的三个孩子来说，不是严父更胜慈母。母亲常说："作恶的事都让我干了，你爹就是和稀泥的。"父亲就是用这种和稀泥的方式，粘连着一家人钢铁般的性格。父亲也曾用这稀泥的柔软，把我们漏风的墙壁改成一道窗子，让我们尽可能地去看外面的世界。

每一个走在村外路上的孩子，都是父亲的远方。父亲劝说在外打工的孩子重新回到学校，两年之后这个孩子考上了财校；父亲鼓励种地的孩子去考民办教师，种地的孩子考上了，后来又转为公办教师，最后成了我们当地小学的校长。有一次父亲把我的文章分享到他的朋友圈，我笑问父亲："你发给谁看呀？"因为我知道，父亲的朋友圈里只有我和女儿。父亲却郑重地对我说："还有一个卖雷丁车的。"父亲说完这话，我笑了，哭了。那个人我知道，是卖代步车给父亲的店主，一个喜欢读书的小伙子。因为父亲，我会对笔下的每一个字负责。

父亲一生都在安身中立命，在希望中稼穑，向上，勤勉。父亲一直在学习，每天看新闻读报纸，有微信之后关注各种媒体，关心国家大事，民生小事，身边发生的事。他交代我们哪些事做得，哪些事做不得。其实父亲一辈子都在关注关心做得做不得的事情。母亲常常嘲讽父亲土埋半截的人了，学这些还有什么用，但父亲还是在学习，一直在努力学习。

我近来发现，和父亲对话要提高很多个分贝。父亲脸上常常露出的倦意，上下楼梯时腿脚的不方便，头上几近全无的白发，如针刺般戳着我的眼。在这个家，在我们几个姊妹面前享有绝对话语权的父亲，开始用商量的语气征求弟弟的意见。我们谈论某件事情某个人的时候，父亲在旁边坐着，也不插话。不知不觉中，父亲老了，或者是累了。我一直以为，父亲不会老也不会累，父亲一直是那拉车的牛，可以永不停歇地在日头下走。而如今，老牛真的老了。

今天是父亲七十岁生日。其实过了今天，父亲才开始吃七十的饭，而我们这儿都是在老人六十九周岁庆生。生日在老家新盖的房子里举行，房子是去年在老屋的旧址上重新修建的，没有张灯也没有结彩，除了直系亲戚，父亲不让我们打扰和声张。

此时院子里奔跑着我远逝的童年，地底下葬埋着我历代的祖先。客居心间的风土与人情，被赶牛的吆喝声惊醒，时间盗走的那些记忆，不断地从山高水长的红土路上赶来……

有一天父亲也要回到这里，回到宁家营，和我的祖先们在一起。其实父亲从未离开过这片土地，父亲就是这土地上的一棵树，箐沟里的一滴水，父亲就是立在宁家营土地上那幢新盖的老屋。

味蕾上的故乡

我的家乡在云南宣威落镇一个叫宁家营的地方。宁家营没有高山，没有大河，没有百年老树，一条常年干枯的小河把村子分为两边，一边叫营头，一边叫河那边。营头坐落在一个土包上，古代是有过城墙的，营头里大部分住着以宁姓为主的人家。

河那边地势稍低，如果上古有水，那一定算河谷地带。河那边多为彝族，彝汉杂居。与河那边紧挨着的叫邱家湾子，那里的人多半姓邱。再往上是一个叫台台上的地方，那儿的人也姓邱。河那边姓邱的，台台上姓邱的，其实就隔着几步路的土坡，站在台台上喊一声，邱家湾子的人肯定听得见。就像我站在营头喊一声，住在大坡底下杨家下头的姑妈肯定也听得见一样。

宁家营很小。

宁家营周围的山上只长灌木和石头，青苔见证着石头的年份，也见证着灌木永远长不成树。村头地埂有过一些倒插柳，树一长高就换钱了，树还没长高也换钱了。有几棵低矮的杉树如我一样长得慢，几十年都难成材。

在没有树木一望无际的红土地里，是绿油油的洋芋苗，白花花的洋芋像金元宝一样藏在红土里。开花的时候，我们就候着，土地裂口的时候就可以吃洋芋了，偷偷用小棍子把泥土扒开，大大小小的元宝就滚出来。扒土的时候要特别小心，不能把小洋芋同根系扯断，没有扯断根系的小洋芋盖上泥土会继续生长。

洋芋一直是宁家营的主粮，我是吃着洋芋长大的。烧、煮、煎、炸、炒、蒸……无论你怎么做，怎么做都好吃，甚至还可以来一桌以洋芋为主料的满汉全席。

记得有一年单位招待北京来宾，我们食堂就做了满满一桌洋芋鸡、土豆牛肉羹、小葱火腿洋芋条、金玉满堂、黄金满地、茄子洋芋煲、薯条蘸番茄酱、酸汤洋芋、老奶洋芋、子弟土豆片等，那真是色香味俱足。那一餐饭，领导和来宾赞不绝口。适逢春季，山间百花盛开，第二顿就做了以十种花为主料的盛宴，惊艳到了每一位来宾。吃过满汉全席的北京来宾纷纷说，这两顿饭实乃中华菜系文化的瑰宝，它超越了满汉全席。为此，每一位领导都记住了落水这个地方神奇的百花宴和土豆宴。

落水菜系属于宣威菜系的一个分支，它传承了宣威菜系的特点，有地道的宣威火腿、扣菜八大碗、红土沙地洋芋、野生菌等。我们这里自古人情浓厚，逢年过节，起房盖屋，讨媳妇嫁姑娘，满月酒，杀猪饭……八盘四碗，大操大办。不为收礼，礼薄，就是个意思。为了这个意思，家家来，个个到，凑个喜气、人气。当然，也冲着那一桌细酥、细扣的菜肴。

我不能说落水美食宣威第一，宣威美食云南第一，云南美食天下第一，但如果有一天落水人失业了，一定可以在全世界任何一个地方开餐馆。除了手艺，咱还有上好的食材，天然的山珍。

每年夏秋之季，落水的田头地埂、沟渠山洼上，蘑菇野菜漫山遍野，我尤爱地胡子。

地胡子别名树花，质地松软，形色似棕黄色胡须，挂在树上，落在山上，随手可拾，上山即得，可凉拌、可清蒸、可素炒、可扣肉、可入药。地胡子是灾荒年月里我们家的粮食、蔬菜、中药、珍馐，每当米缸见底，洋芋所剩无几时，母亲就会带上小狗和我上山采摘。

小狗可以做伴、防蛇，而我是母亲最得力的帮手，五岁就能站在灶台边的凳子上给弟弟炒鸡蛋饭，六岁可以拔一篮子猪草，九岁一个人去大水塘洗衣服，上山时我已经十岁。那时母亲挣着男人一样的工分，我干着母亲一样的活儿，母亲是看得上我干活儿的，尽管她常常拿我的短处跟邻家孩子的长处来对比。

拔猪草时可以顺带扯破斑，那是一种酸而甜的野果；洗衣服时可以赤脚在河水里摸鱼，那时我的家乡还有一条清澈见底的小河；炒鸡蛋饭的时候，弟弟不在我的背上，他实在太沉了。

童年记忆里，我干活儿的时候是快乐的，尤其上山，快乐地听风、看云、扯地胡子、捡菌、刨地馒头、逗小狗。小狗也是快乐的，它叼着根草就想来换我口里的洋芋，我和小狗吃洋芋的时候，母亲去砍柴。

母亲知道在哪儿能捡得到菌子，在哪儿能扯得到地胡子，哪个山坡上地馒头裂缝儿了。她发现菌子时常常装作没看见，大声呼唤我过去，指着有菌子的地方说：“你看看那儿有没有。”听到我惊喜的叫声，看到我的手伸向草丛，母亲的脚步早已迈到几米之外，“你再来看看这儿有没有。”我又冲到母亲所指的方向……青头菇菇、大巴菌、奶浆菌、干巴菌、茅草菌、见手青，最后我捡到的菌子比母亲的还多。

撇干净奶浆菌上的泥巴，母亲就递给我，让我生吃，她说这种菌子没有毒性。生吃和炒熟时奶浆菌的味道是不一样的，生吃是甜的，炒熟是香的。地胡子想要多少就可以摘多少，地馒头得看天气和运气，有时被村里人抢先一步，有时连续阴雨天土地裂不开口。

村里人知道地馒头和菌子是好东西，大家都去采，少一些，但千人有千份，万人有万份，这是大山给予我们的神奇馈赠。通常我们都会满载而归，背上背着柴火，手里提着山货，小狗跟在后面。我和小狗会站在山冈上出一会儿神，看那条通向山外很远的路。

地胡子去除松毛、树皮和杂质，用清水淘净，过沸水捞出，冷却后再凉拌，那时没有生抽，没有芝麻油、橄榄油之类的调料，就放点儿盐和葱花，但就是香甜。那是草木的清香，露珠的甘甜，能咀嚼出时间韧劲的柔软。地胡子还下饭，就着它我可以一次吃两碗饭，但通常只有一碗可吃。不管地胡子有多少，洗净后的第一时间，母亲总让我送去给爷爷奶奶，如果地胡子多一点儿，母亲也会留下一些让我们吃。再多一些，母亲就会把地胡子晒干用布袋子装起来，让我们在感冒上火时冲开水喝。那时村里人不知道地胡子还能治病，地胡子简直就是养在我们家的山珍和药材。

母亲当然不知道这是山珍，更不知道它有什么营养价值，那年月，好吃，能充饥，吃了脸不浮肿，母亲就认定那是极好的东西。

我没问过母亲怎么知道地胡子可以吃，其实也不难理解，那个年月连草根树皮都吃，这附着在树皮上的花，母亲肯定会尝尝，这一尝，地胡子就和我们家结下了不解之缘。

地胡子成为山珍，是人们丰衣足食之后注重养生才有的称谓，养生专家说地胡子有极高的营养价值和药用功效，地胡子才有了市场，村里人采摘，外地人倒卖。现在逢年过节、婚丧嫁娶，不管宣威哪个地方办酒席都有地胡子，地胡子扣肉进了八大碗之列，成为宣威扣菜中唯一的山珍。

地胡子扣肉，清香中多了肉香，相得益彰。但我还是喜欢凉拌，此味非彼味，彼味是种在骨子里的喜欢，那是岁月的馈赠，那是母亲的味道，那是小黄狗陪我站在山冈上的时光。

乡音、乡情、乡菜，就像血脉和躯干，不疼的时候，我们不会留意它的存在。

记得有一年我随户外组织去尼泊尔徒步小环线，到尼泊尔的第七天，进山的第三天，从家乡带出来的干货已经嚼完，体内存储的食物残渣也早在三天前就消耗殆尽。在每天强耗体能之后，在把方便面也吃到吐的时候，尼餐难以下咽的生理反应一直持续着。

就在那天下午，穿越半个丛林的时候，我被蚂蟥咬到了脚背，疼得眼冒金星，饿得浑身乏力，清理血迹时一屁股坐在地上，眼泪喷薄而出："我要回家。"这四个字是我走户外以来第一次说，也是最后一次说，之前咬牙就过去了，之后咬牙也过去了，而这一次，我实在是太饿了，我连咬牙的力气都没有。

饥饿、疼痛不断地呈现我的困境，从形而下的感官体验到形而上的味蕾需求，都在不断提醒着我与故乡的深层关系。这大概就是乡愁吧，或者也算不上乡愁，那时我就是想家了，想回家，想吃家乡的每一道菜，金钱火腿、青椒火腿、火腿青豆焖饭、老火腿炖鸡、麻辣洋芋、椒盐洋芋、老奶洋芋、烧洋芋、煮洋芋……我闻到了母亲灶台上那碗皮薄肉厚，色泽红润，肥瘦适中的老火腿，唇齿瞬间感到肉香馥郁。我甚至看到火塘边那黄生生的洋芋，洋芋旁边是一碟青椒炒肝渣，凉拌地胡子，唾液马上随着幻象流下来。

可能一个人只有长久离开了从小的习惯和依赖，才会开始回望。

其实随着年龄的增长，当我开始养生之后，几乎不再吃红肉，但对于家乡的火腿，隔段时间就会馋。还有地胡子和马鞭梢，小脚花和马皮坡，折耳根和一朵云，马蹄香和蒲公英……只要是故乡的山茅野菜，都是我的最爱。尤其那道叫地胡子的野菜，它像长在我身体里的乡愁，隔段时间就会想吃。那一口落水味的吃食，已然成了我生命中不可或缺的部分。

这些年，不停地出走、归来，归来、出走。我尝过不同地方的美食，如果不是那一口，哪儿都一样。从这个意义上说，故乡不是一个地方，一段时间，而是烙印在每一个人身上的感官记忆，味蕾需求。

疙瘩花

疙瘩花是我们本地人的叫法，它的学名叫洋花菜、花椰菜。这是每一个寻常人家饭桌上最寻常的一道菜，而于我，于那个年代，却有着不同寻常的回忆。

记得那是1982年的春节，村里开拖拉机的叔叔用洋芋种去外地换大米，带回来两个疙瘩花，给了我们家一个。看着由残损绿叶包着，像花又是菜的它，问是什么菜，叔叔说不知道，馆子里吃着好吃，就用洋芋种换了两个。问怎么吃，叔叔说用新鲜猪肉拌着炒，炒的时候要掰开切碎。

这下难坏了母亲，我们家养的几头猪赶在过年之前就卖了，用来置换我们的新衣服、新对联、新书包。没有新鲜猪肉怎么炒？同样卖了过年猪的叔叔在过年的头一天让堂妹送来一块火腿，一块很小很小又被切成两半的腌制腊肉，堂妹说这是她外婆刚送来的，一家分一点儿，配着那个白花炒。

母亲就在除夕那晚给我们做了这道菜，白生生的花朵配上红彤彤的火腿，这新鲜新奇的搭配远远胜过青松毛和红对联给我们一家人带来的喜悦。吃进口里的刹那，疙瘩花和猪肉混合的香味充盈整个口腔。看着一家人都爱吃，我放下了筷子，那时我和父亲母亲有一种无言的默契，大的、好的、没吃过的，都先让给爷爷奶奶和两个弟弟吃。

我确定，它是我长这么大吃到过的最美味的佳肴。我甚至觉得它就是山珍，想想是用洋芋种换的，太廉价了怕不大可能。树上结的？应该是吧，只有大树才能托住这么重的分量。一棵树上会结几个这样大的呢？带着回味和想象，以至于往后的每一年春节，我都憧憬着，叔叔再意外送来一个。

一晃六年，再次见到疙瘩花是在1988年，我上大学到了另一座城市。报到的第一天，排队打饭的我远远看到食堂窗口师傅抡起大勺舀起白花花的它，像它？好像是它？就是它！就是这种颜色，就是这种形状！记忆中至今都还留在舌尖的味道，口水随着唤起的记忆不自觉地在口中打转。我一个箭步冲到打饭的窗口问师傅这是什么菜，师傅扬起勺子递到我面前说："疙瘩花。"后面的男生以为我插队，拼命地敲打着洋瓷碗在抗议。

我一边退回原处一边咀嚼重复"疙瘩花"三个字，这名字真形象呀，一个个小小的疙瘩紧密而有序地用它们的洁白簇拥成一朵花，开在一个十八岁少女的眼中，开在农村和城市的差距里，乡下孩子视为珍馐的蔬菜就这样寻常大众地走进了学校食堂。

那天我独独要了两份疙瘩花，在校园的长凳上津津有味地回味着久违了的感觉和味道。后来和打菜的师傅熟络了，一到打菜的窗口，没等我开口，师傅见到我就说："两份疙瘩花！"每次师傅都要再加半勺，虽然加上的半勺吃不完也分给了另外的同学，但我还是感动于师傅的懂得和温暖。那时这道菜每周能吃上两次，有时素炒，有时串荤，我一如既往地打两份。

慢慢地，同学们都知道了我的习惯和秘密。

一天，同宿舍的小芬回来对大家说，我们班的男生暗地里给每个女生都取了绰号，大家都急切地竖起耳朵，什么小兔子、大文学、小妖精……七个人的绰号都说了。一个宿舍七双眼睛都看向我，小芬顿了又顿，为难地看着我说："还是不说了吧。""说，说嘛。"我也很好奇男生对我的印象。小芬鼓起勇气边说边跑出宿舍："疙瘩花！"回头又加一句："太过分了！我去问问是谁取的。"男生们自顾自地在背后叫着我疙瘩花，一叫就是两年，但我依然每周吃两次疙瘩花，一次两份，一吃两年。

后来，这个领头给我起诨名的男生成了孩子的父亲。我的疙瘩花成了我们共同的疙瘩花。记得他从厨房里挥舞着锅铲出来，问我信不信他用疙瘩花能做出满汉全席；记得我们商量着有一天下岗了就开一个以疙瘩花为主菜的馆子；记得我们一起憧憬着等有了孩子，小名就叫"花花"；记得生病的时候我什么都不想吃，他便骑摩托车到百里之外我们上学的地方给我买疙瘩花……

再后来，随着餐桌上蔬菜的丰盈，我不但能餐餐吃到白色的疙瘩花，还能吃到青色的疙瘩花。当我自己都可以种出疙瘩花来的时候，生活慢慢淡化了我对疙瘩花的偏爱。但这些经年的往事连同我记忆中疙瘩花的情愫，像光阴里的老照片，像我的亲情，我的爱情，藏在久远的时空里。

给未来的自己一封信

——致小宁的后半生

小宁：

收到这封信的时候，你已经办完退休手续，在去祖国边疆支教的火车上。从今天起，你拥有了辽阔的时间和广阔的天地，从今天起你不再是老宁，你的生活才刚刚开始。

去支教，是一种情结，是你离开教育事业几十年来未释的情怀，那间教室，那群孩子，那段难忘的经历……比起年轻时去边疆那次短期的夏令营，这次你有更从容的时间走到孩子们的内心去，为此，你已经等了很多年。

这是你退休后的第一站。你会把外面的理念带进去，融入“卡尔·威特”“蒙特梭利”式教育，去倾听、去启蒙、去诱导，去发现他们的兴趣爱好，去挖掘他们潜藏的小宇宙，去和他们做朋友，去为他们寻找一个与世界对接的点。你一定也会像孩童一样融入他们，保护他们如天空一样清澈的眸子，湖水一样澄明的心，这是你的初衷。

是的，你总是把环境保护的意识和理念植入孩子们的内心，带领他们从节约一滴水，收纳一片糖纸，捡一个易拉罐，种一棵小树开始。每天做一件与环保有关的事，事不在大小，做完记录下来，每周在班上评选环保小卫士，你告诉他们要像爱惜自己的眼睛那样爱惜生存的环境。

山河如画，这次你也成了画中人。你一定会带着那些孩子去徒步，让他们用另外一种视角来解读世界。你会在徒步中教会他们野外生存的技能，培养他们在艰难跋涉中的团队协作精神、战胜困难的意志品质。你让他们走近自然，从微观世界开始，认知万物岁序，敬畏自然、敬畏生灵。

你希望因为你来过，因为你做过他们的老师和朋友，他们的人生将开启一扇崭新的窗。让他们看到更广阔的天地，让他们更加热爱脚下的这片土地，是你一直以来的愿望。

半年是一种学习方法和学习习惯养成的时间，是世界观、人生观植根的时间，也是一颗理想种子发芽的时间，所以支教时间一定是半年。然后第二年、第三年……你会去甘肃、内蒙古、贵州，包括自己的家乡云南。你会尊重每一个孩子，你也会引导他们突破地域的局限性，你要把自己有限的能量全部给予那些需要你的孩子，同时你也希望从他们身上摄取不同的养分。

下一站，你要去践行一直呼吁的“小宁环保计划”。首先从自己做起，你有每天捡一袋白色垃圾的小目标，也有参与组织完成垃圾分类的大目标，你有短期计划也有长远规划。你知道一个人的力量是有限的，你要去影响和带动身边的每一位朋友和亲人，让他们再去引领和带动更多的人，让每一个认识不认识的人都参与进来，最后都成为守护家园保护地球的卫士。

同时你更希望，到你退休的那一天，环保理念植入人心，社文明蔚然成风，随手就丢的易拉罐、啤酒瓶、塑料袋、包装纸都有了最好的去处，人们自觉进行垃圾分类，公共区域不再有白色垃圾，打街骂巷不再是习惯，飞禽鸟兽开始接近人类……从语言到卫生，都在转好。那些看不见的污染和隐形的伤害，都在慢慢减少。你相信，这一天一定不会太远。然后你会把这项活动接力再接力，不遗余力地一直做下去。

用脚步丈量世界，用镜头捕捉瞬间，用文字记录万物，是你这些年来一直没有放弃的梦想。由于时间原因，很多户外活动你都留到退休之后才去完成，欧洲最高峰厄尔布鲁士还在等你，终极雪山盛宴 EBC 徒步还在等你。你一直垂涎的地方常常心有余而力不足，而现在，你有足够的时间和金钱走向你梦想的任何一个地方。

确实是这样，一些短线徒步和游览国内城市的计划，你都留到了七十岁以后去做。当你登不动雪山的时候，你仍然拒绝跟随旅行社，你还是一如既往地扛着相机背起登山包，慢慢悠悠地去任何一座城市，租房或住民宿，十天半月，或许更长，这得看一个地方与你的缘分。你会像当地居民那样买菜、做饭、逛街，用文字和图片记录一座城市的风土人情，去感受，去体悟，然后分享给更多去不到远方的人们。

你会一直向着广阔天地走下去，一路馈赠，一路悦纳，为爱与自由，为你想要的生活。

在把脚步铺满世界的同时，你会更加珍惜身边的父母，你会像爱这个世界一样爱他们，陪伴他们，会给他们讲外面的世界。耐心地倾听他们的每一句话，每一个诉求，即使他们行动迟缓，记忆衰退，即使常常为一件事反复叨扰你很多遍，你还是会满足他们有理无理的每一个需求，像小时候他们满足你一样。有合适的线路，你也会邀请父母家人参与，但你不勉强他们，你尊重他们的生活方式，尊重每一个亲人爱世界的方式。

如果说去远方是为了放飞你自由的灵魂，那家就是用来安顿你俗世的肉身。所有的出行都为了归来，为了好好地生活。正像你的锋芒需要下压，你的浮躁需要沉淀，你的个性需要内敛一样，你需要一个炼丹炉，需要一个容器来收纳。为此，你动手给自己垒窝，你给自己垒一个简洁而不简单的窝，哪怕一座假山一池莲花，几幅字画一棵景观树，所有的物什和饰物的添加，你都会极尽可能地谋篇布局，做到每一个细节都别致温馨。窝不一定华贵，但一定要有温度，有不同凡响之处。

垒好窝，你的私厨订制就开始营业了，这是你一直想要的“宁家小院”私小厨。牛排配红酒，寿司配烤肉，芝士土豆配咖啡，小火锅配果汁，辅以营养粥与素食，以中西合璧的简餐为主。逢年过节之时，亲朋好友来时，你也会做一些地道的土八碗，适口的家常菜。餐食预订仅限朋友圈，每天不超四桌，你会用心用情去烹去调，去迎接每一个有缘走进来的客人。不管来客是一人还是一拨，从食材的选择到蛋白质到碳水化合物的配比，色、香、味的调剂，你都会用心用情去调、去烹，用心用情招待来客。

小宁不请小工和师傅，小宁就是小工和大师傅，从食材的采买到摘洗到上灶，亲力亲为。候餐之时客人可以进厨房跟着小宁一起尝试现磨的咖啡，也可以给自己榨一杯新鲜果汁。可以在一楼泡茶、喝咖啡、聊天、看书，写下点儿什么，或者看一看别人写下了什么，这都是极有意义的事情。也可以上到二楼，那儿有笔墨、书籍、古筝，别拘谨。

好吧，如果在屋内待腻了，可以到屋外观景、拍照、晒太阳、发呆……石桌、木棚、秋千在那儿等着你。

灶间忙完，小宁会为客人沏一壶茶，边喝边聊茶的故事，聊路上的经历，聊文学和生活，或者什么都不聊，彼此对坐，吃茶。客人喝到的茶一定是这些年小宁从临沧或西双版纳山上亲自寻来，经过杀青、晒干、压饼，有存储年份的生普和熟普，也有部分经过渥堆发酵暖身暖胃的红茶。

楼上楼下随你意，屋内屋外随你便。至于喝茶、喝果汁、喝咖啡，以你的习惯喜好来预约。这儿是小宁的家，也是你心情的驿站，你可以来一次，也可以随时来，随缘随喜。小宁愿意以这样的方式，来寻找更多有趣的灵魂，分享生活，陪伴岁月，温润时光。

小宁要去登山了，要去支教了，要参加环保活动，要背包出行了，会在朋友圈跟大家说一声：小店今天开始歇业，什么时候开门静候佳音。你可以和上次一样，期待小宁这次出行会给你带回来什么样的故事，还有当地特色的吃食手艺。

你和小宁相处很简单，因为小宁很简单，简单地对你好，简单地忽悠你，听说小宁一直是搞“真善美”传销的。小宁会成为你的良师益友，也会成为你的死党。不管怎么说，你都会因为认识小宁而幸福，因为小宁一直是一个幸福的人，这种幸福源于小宁的心态与状态。

活着就是一种飞翔，小宁的确是会飞的。阳光漫山遍野，小宁的回声漫山遍野。当小宁独自背包行于世界，当小宁能流利地阅读英文原著……小宁很欣慰，哪怕从四十岁开始徒步，从五十岁开始学习英语。这就像种一棵树，最好的时间要么是十年前，要么是现在，不管十年前还是现在，小宁一直在努力的路上。

小宁希望自己在七十岁的时候，登不了珠峰但还有登珠峰的健康身体。小宁希望自己在八十岁的时候，没有爱情但还有憧憬爱情的心态。小宁期待在九十岁的时候，还能背上单反去西哈努克去马尔代夫拍落日与大海。

小宁还是会慢慢老去，在终将老去的日子里，小宁越来越喜欢老了的自己的样子。一个读过万卷书行过万里路的豁达大气之人，一个臣服于大地敬畏于苍生的蝼蚁之辈，一个容天下万物也容自己的时间过客，一个以柔软姿态拥抱世界拥抱生活的小宁。

在落叶铺满山冈之时，在流星划过苍穹之夜，小宁就要离开了，小宁无可避免地要离开这个世界。小宁希望落叶回归自然之时，再回首人生种种，可以对自己说：人间值得，我来过。

小宁希望女儿继续替自己读没有读完的书，替自己看没有看过的风景，替自己继续爱着这个值得爱的世界。小宁一想到这个世界上还有人在延续自己的血脉、理想、爱与初心，一想到有人在改变、超越自己，小宁就很幸福，觉得自己是活了两辈子的人。

——2018 年 5 月落笔，老宁写给未来的自己

第三辑　我们

我们的世界

记得女儿还在襁褓之时，把她放在童车里，我在一旁看三毛的《撒哈拉的故事》。女儿的眼睛盯着悬挂在头顶的彩球，清澈的目光在轻轻荡漾，一次眼神交汇的刹那，我灵机一动，何不读出声来让她也听听？当我有感情地小声朗诵时，女儿会用她的眼睛会意我，并不停地手舞足蹈，嘴里还发出一个个没人能听懂的音节，像是在回答我，又像是在跟我交流。我一直有感情地朗诵，一直读到她睡着了。

接下来几天都这样，好奇妙！这下给了我无穷的阅读动力。我开始买各种各样的儿童读物，每天从起床开始到睡觉，只要她醒着的时候就朗诵给她听，常常把自己读睡着了，她还在那儿意犹未尽地踢我。

从此，我和女儿的世界里有了书籍，我们一起走进童话、走进寓言，走进浩瀚无边的文字世界。从襁褓之时跟着我的朗诵模糊发声，到牙牙学语时的奇迹吐字，从会读第一个字到会背一首古诗，女儿静静聆听我的讲解，认真应和我的背诵，她不识一个字地指着一本书从头念到尾，合上书还能倒背如流，小脑袋一晃一晃，变着声朗诵。

书籍陪伴我和女儿度过了一个又一个绚烂温馨的日子。

转眼女儿去了较远的省城上小学，我们的工作单位在乡下，周末要转三次车才能见一面，女儿见到我的第一句话：“妈妈，我这周的作业写完了，明天我们早点儿去新知图书城可好？”每次看到女儿把两天的作业赶着做完，为妈的很是心疼。我知道，她就是想匀一点儿时间出来和我在书城多待一会儿。她赶作业时的着急我是见过的，尤其作业多成小山的时候，自己无声地哭一会儿再用小毛巾擦擦，然后笑着说：“我哭完了，我可以的，可以提前一小时做完。”然后她为自己争取到了一小时的阅读时间，每每检查着她不错一题的作业，我就会许诺买一本书给她作为奖励。

每个周末去看她，每个周末去书城，是我和女儿心照不宣的约定。进入书城，女儿去儿童专柜，我走到文学区域，她在一边，我在一边，偶尔用眼神交流一下。大约三年级吧，她和我同时都坐到了社科文艺的地界，肩并肩，背靠背。很多时候是没有座位的，我倚在柜台上看，她蜷缩在地上看，从朝阳升起要到日暮才回家。

很多个回家的路上，我们愉悦地交流着各自的心得，有时女儿会遗憾地说，书店再晚半小时关门就好了，那本书她还没看完。我建议她下次去买，她调皮地晃着脑袋说：“书，不是非买而不能读也！”

女儿上初中时离我近些，最幸福的时光就是每晚回家和女儿一起，尽心享受冰心的典雅飘逸，品味鲁迅的利讽尖刻，感知丰子恺的细腻亲切，体会贾平凹的随意匠心，赞赏余秋雨的博世天然，还有海明威的冷静，伏尔泰的咏叹……我们在浓郁绵延的书香中得到陶冶，在平和优雅的古韵中受到滋润，书籍增加了我们各自生命的宽度和深度。

不知从什么时候开始，大概初二以后吧，女儿阅读量之大、速度之快我已经望尘莫及。渐渐地，她已经不满足我的“喂养”和推荐，她的视野已不在我所及范围，《庄子》《物种起源》《古文观止》之类她都感兴趣。但每晚我们娘儿俩还是默契地珍惜我们这一段难得的时光，尤其冬天的夜晚，我们娘儿俩躺在床上相依而读，身暖心暖。

有时生命中的起起伏伏，沟沟坎坎会不期而遇，她会根据我的心情和心境来挑选阅读的书籍。

回想生命中最惨淡的那段时光，是书籍和女儿陪我一起走过来的。她常常立于床边，学究而老道地摸一下我的头，然后开始大声朗诵。当希望的灯塔被风吹得奄奄一息时，顾城会告诉我们“黑夜给了我黑色的眼睛，我却用它寻找光明”；当生活的桨因力不从心显得困顿疲乏时，海子会提示我们“春暖花开，面朝大海”；当事业的果实被虫害蚕食得伤痕累累时，嵇康的一句“内不愧心，外不负俗”就够了；当屈辱和尊严被人践踏在脚底时，屈原的“忠而见逐，情何以堪”让我们坚强；当爱的小舟险些覆在月白风清的小河里时，徐志摩的“我挥一挥衣袖，不带走一片云彩”让我们坦然。即使心灵的冬不慎触动了，不要紧，雪莱会指着远方告诉我们：“既然冬已来，春还会远吗？”就是从那时开始，女儿成了我的朗读者。

我们读真、善、美的同时，也读道貌岸然背后的伪善，也读美丽背后的丑恶，也读微笑背后的狡诈。书籍让我们拓展了视野、开阔了胸襟，学会了宽容、学会了大度。

记得有一次去外地旅游，女儿扎进书店就不出来，临走一下挑了二十多本书，我们带着这些书穿越了多少个城市。我埋怨她这种不理性的消费只有那些暴发户才会干，她故意坐正身子趾高气扬地说："在读书人中，我是有钱的！"我反问："那在有钱人中呢？"稍许顿了顿，女儿拍拍她的脑袋说："在有钱人中，我是有学问的！"我们娘儿俩的对白引得一车人哄然大笑。

还有一次当我把文章发到网上问她写得怎么样时，她郑重其事地告诉我她很喜欢其中一句，我努力在脑中搜寻着那些我认为很出彩的句子，然后她笑眯眯地说："是'女儿乖巧'这一句。"

女儿高考结束后，我把散落在各处的书籍汇集整理，结果她不吃不喝钻进去不出来了，我故作生气："你就跟书过吧！"女儿赶紧过来搂住我说："没有妈妈我不幸福。"我指着书说："那它呢？""没有它我不快乐！我只有和你们俩在一起，才是幸福快乐的。"然后她拉着我一起走进书房，我们读着、回味着曾经的美好时光……

孩子将来干什么，能有多大出息我不知道，但我知道，她的内心一定是富足而快乐的。

女儿带着她的理想、她的书籍去很远的地方上大学，留下我的书籍、我们的世界。下班后，没事的我早早泡一壶清茶，信手抚卷，随意翻看左拉的《娜娜》。茶水的旋涡里有很多思念，一些距离上遥远得触及不到的东西慢慢倾入身体，心中长时间萦绕着不可言状的缺失，我们的世界渐行渐远……

手机震动，电话来了！女儿欣喜地告诉我，那座城市有她梦寐以求的书城，大得意外，大得足以让她在书海里畅游四年，她迫不及待地和我谈王小波的《红拂夜奔》，谈木心的《巴珑》……

此后的每一天，我们各自守候在电脑的两端，我们进入彼此的空间，我又看到了熟悉的文字，似乎又闻到了熟悉的书香，又回到了我们这么多年来读书的氛围。最快乐的时光就是每天和女儿分享阅读，这是我的心灵鸡汤。这鸡汤的材料源自世界各地，源自浩瀚宇宙，这里面有马尔克斯、卡夫卡、村上春树、阿来、左拉、福克纳。这里面有女儿和母亲咏叹一物，感怀一事，偶成一章的随笔杂句，我们的世界又回来了。

生日快乐，我的好妈妈

文 / 陈宁泽一

我离开家已经五个月，像振翅离巢的小鹰，乘风而去，翅膀一滑就是万里路程，只能在风里听到关于家里的只言片语，旧的世界被我远远抛在身后，新鲜的事物使我目不暇接。

而我妈，就是被我刻意遗忘在旧世界的一角。她好像已经完全适应了没有我的生活，帮我一起打压舍不得我走的爸爸，甚至还愿意为我打包好行囊让我远行，让我就这样毫无负罪感地开始了人生旅行，去了完全陌生的温暖海边，做着他们难以想象和理解的工作。

相隔甚远的人们，在旧时候，很有可能就此杳无音讯，现在便捷的通信给人营造了天涯若比邻的假象，实际可能连去隔壁城市都懒得一动。我狠心地远行，走得很远很轻快，每次回头都能依稀看到她挥手微笑：今天我又出去徒步啦，这个月我要去西双版纳玩啦。仿佛她也走得轻快。我们刻意回避了一个事实：空巢里两个相看两厌的老人，失去了他们的孩子。

每一颗种子被种下，都是寄托了一些心愿的，他也许曾经听着她肚皮下微弱的心跳，幻想这一生会拥有一个最可爱的小情人。她在手术台上做抉择，选择付出极大的代价留下这个小生命。她也许会幻想这个孩子柔软的头发、明亮的眼睛。在一切发生之前，所有的愿望都是美丽的，当新的生命呱呱坠地，确确实实，这是爱情的结晶。他们一定有一刻，他搂着她，她搂着小小的孩子，幸福美满。

随着成长，孩子渐渐有了独立的见解，与父母的关系割裂开来，长成新的个体，五颜六色。有的事情也是他们无法预料的，这个小生命并不弱小，反而像是野草一般蓬勃地生长了起来。她会哭会笑，她会跟别的人相恋，她会看书，她会思考。最后使得他们的女儿离他们远去的，竟然是曾经他们送给女儿的礼物：知识、财富、自信。那些曾经令他们骄傲的东西，全部变成了火箭燃料，到最后，已经无法阻拦。

我对这一切非常清楚，只是不愿去多想。我在做一些很敷衍的伪饰，比如邀请他们来广州玩儿，比如每天汇报生活。而他们也买了新的房子，我只在梦里见到过。我妈送我走，没有哭，后来她也没有哭。我回到家见她，她也没有哭。也许她非常清楚，是她亲手把我送走的，如果不是她的引导，我根本不会看到广阔的天地，其实我并没有离家的勇气。我像是她向世界以外的延伸，走得很远很远。

她的内在一定是脆弱的，我可以非常肯定这一点。我不敢对她大声说出内心对她的依赖，我想她也不敢听，一旦说出口，我们一定会泣不成声。而我也会想要回巢，这就让我们所有的努力都白费，无须言语，我们建立了战友一般的默契。

她总是遗憾自己这一生并没有建立什么事业，也没有能够给家族带来荣光。于我而言，她却是我整个梦想的塑造者。良好的教育一点一滴浇筑了我的躯壳，远见卓识点亮了我的眼睛，我可以凭借自己，走到世界任何一个角落。

作为织梦人，能够编织出五彩锦缎，手中却还是握着简朴的木梭。年幼的时候放学回家，她得从单位驱车半小时来给我做饭，日日如此。她也有过喝得烂醉在地上哭的时候，仅有一次。最近我发了朋友圈吃日料，她给我留言："妈妈还没有吃过，下次有机会带妈妈去吃。"我回复："好的。"在我上大学时，曾发过一条想吃冰激凌的朋友圈，她说："想吃就去买，妈妈给你钱。"

这篇文章不会有结尾，故事还在继续，会小心翼翼维持现状，直到我尝遍新世界的甜头和痛苦。而他们，会一直注视着我，我知道这眼光中不仅仅全是思念，更多的还是想看一团星火如何燃烧。

生日快乐，我的坏妈妈

文 / 陈宁泽一

提到我妈，我有一肚子苦水要诉，她和书本上慈祥的母亲一点儿也不一样，简直就是一个坏妈妈。

从小我就知道，我妈是一个铁石心肠的女人。记得有一次我写作业耍赖皮，拿起水果刀架在脖子上威胁她，她却只是轻蔑地对我说："要是你就这么死了，就不是我宁红瑛的女儿。"扭头就走了。我悻悻然放下刀，哭着回去继续写作业。

我五岁那年，她带我去学游泳。拉着我的手教了两天之后，她问我是否记住了这几天学习的技巧和要领，我才点完头，她就上岸了，把我一个人丢在偌大的池子里翻腾、尖叫，她在岸边观看。那天回家，因为游泳的时候一只脚一直踮在泳池底上，我大脚趾都肿了，但她第二天又拖着我去。就这样，我五岁那年在哭声中完成五天游泳速成。

我妈总爱带我去饭局，去饭局是我最害怕的事情，因为要见各种叔叔阿姨，还要融入叔叔阿姨的孩子们中。她总是希望我既阳光又开朗，既懂礼貌又有爱心。彼时我懒懒散散又懵懵懂懂，每到拗不过她不得不去时，心里就充满了对抗和无助，甚至有了和人交往的阴影。

最无奈的事，就是每到假期她都要把同学家的小孩儿接到我们家里来跟我一起生活学习，而每当我们闹矛盾时，她就只批评我一个人。几个假期下来，我有了很深的交往恐惧症，直到现在，我都害怕和人长期相处。

最伤心的是她把我的书随意送人。当我猛然发现自己找了很久的书随意散放在别人家沙发上，有的书壳还被撕破一角时，我气得发抖。小时候每一本书都是我的一个避风港，直到现在我都爱囤书，不管看与不看，摸着就有安全感。

我妈从来不把我当小孩儿看，她把她所有的苦和难全都告诉我，我简直就是她生出来的小垃圾桶，也不知道她说完心里有没有好过一点儿，反正我的心里很不好过。我觉得我从小女孩儿时期就已经完整体验了种种痛苦，生活上的，爱情里的。

别别扭扭长大，到了高考那年，我没有考好，整个人都消沉下去。最低谷的时候，是在北京念了四年大学，在大学里自由又散漫的生活让我有了放纵的条件，与人群的隔阂和对城市的失望让我日渐疲惫，一身锐气都被消磨殆尽。上课敷衍了事，不想出校门，就想躺在床上玩游戏，有一次还把英语过级考试时间记错，最后还得耻辱地去补考。这个时候，我想我妈对我非常失望，我开始逃避跟她打电话，有时候甚至失联一星期，不想让她看到我的颓废，也不想听到她追问我过得怎么样。

当然，每一个故事都会有转折。大学毕业后，我去国外继续读研，离家万里，事事都要自己操心，学业压力又大，生活上的小麻烦也层出不穷。某天做饭的时候，我忽然觉得好累，我才意识到，原来每天放学能吃一口热饭菜是多么奢侈的事情。

我上小学的时候，我妈早晚从单位开车回家给我做饭。她开车很笨，每次单程都要四十分钟。早餐五个菜，中午放学我自己热着继续吃，晚上她回来再做晚饭，还有宵夜。那时，她是早上几点起来做饭的？她每天要上班，会不会累？

我看书写作业的时候，手边总有一盘切好的水果，我妈爱摆花样，花样摆到诱人。我不爱吃梨，但她总给我削。高中不在同一座城市，她一休息就来看我，用小饭盒给我带吃的，或面食或粥食或饭菜，次次不重样。

现在每当我从图书馆回来，累到连水果都懒得削皮，厨房黑漆漆的，冰箱空荡荡的，为了不饿死，我得自己照顾自己，这时候我就特别想她，特别特别想。我吃了她做的无数顿饭，没跟她说过她做的饭挺好吃的，也没说过谢谢。其实她做饭真的不错。

也许只有真正独立生活后，才算是真正长大。再用长大了的眼光来看待我妈，才真正明白养小孩儿挺难的。我妈生我的时候二十四岁，其实那时候她也还是个小孩儿，生了一个宝宝，对这个小生命的未来，她有着各种各样美好的设想。如果是我，我也会希望这个孩子优秀，也希望这个孩子能赚大钱，最好还是个大美女。结果过了二十年，这个孩子变成慵懒的人。这么一想，我妈不仅没嫌弃我颓废，也没嫌弃我黑，那只能说明她是真的爱我。

说到爱，到底什么是爱呢？小时候总觉得课本里的妈妈慈祥温暖，满口宝贝亲亲的温柔模样，我就一直以为我妈不爱我。其实这是对母亲形象的刻板印象，课本中的母亲，人格是模糊的，慈祥的面孔和温暖的臂弯是形象的载体。但是在现实中，一个个鲜活的充满个性的女性，在她们成为母亲以后，绝不会是千篇一律的。

我妈是一个非常有进取心的女性，同时又有非常强的执行力，她善良但是不软弱，在达成目标的过程中有着惊人的毅力，面对问题的时候有冷静解决的心理素质。有着月亮两面特性的她，性格急躁，过于敏感。

她对我的爱，也独一无二：她的行动力很强，不会把对孩子的期待藏在心里，她对我有严格的要求，是因为她已经设定好了目标。她计划性比较强，所以对我的生活轨迹提前做预判，又通过种种潜移默化的影响让我走最优航线。她的同学朋友多，于是她也希望我多跟人交往，走出封闭的生活。她意志坚定，很多事情一旦认定后就会持之以恒，像对我的爱与教育，她坚定地做了二十多年，在她一个人最艰难的时候，也从来没有放弃过。

我曾经想过，现在我能成为一个活泼开朗、擅长交流、自律又努力的人，是不是幸存者偏差。这期间很多次都有可能坠毁，也许我还好好活着只是运气使然。但其实不是，现在回想起来，很多次在我处于低谷的时候，她仍然坚定地拉着绳子，同时又做好了托底方案，并不断地肯定和鼓励我。

在我以为写不好东西的时候，她把我写的文章念给每一个认识的人，让别人夸我；在我以为没考好天崩地裂的时候，她陪我找错；在我撒谎找到了好工作，又圆不回来的时候，她反而理解我的压力，让我耐心等待下一次机会……她的柔软总是出现得恰到好处，像张蹦蹦床，有时候催促往上，有时候静静蓄力。

不要以为现在开始说她的好话了，要知道，这篇文章是写坏妈妈的。我妈其实就是一个控制狂，二十多年都想让我变得更好。要不是她，我现在肯定就是一个如咸鱼一样躺着吃薯片的人了！哼，现在倒好，只要躺一天，晚上就开始有负罪感，心里责备自己又没有减肥，又没有努力，都要得焦虑症了。唉，有一个在我前面领跑的妈妈，我想停都不能停下来。

我妈的爱好是徒步登山，她总是一纵队伍中最矮小的一个，但她一定不是队伍里走在最后的那一个。在无人区穿越、在雪山上跋涉、在森林里行进……一开始，她一个人去，后来，我也加入其中。当我跟随她突破体能极限走到绝美风景处，曾经的束缚仿佛都松开了。“女学生后劲儿不足”“女孩子那么拼干什么”“结婚找个好老公啥也不愁”“女孩子打不好游戏”，等等，这些话一路被我甩在脑后！叫我去开飞机？没问题，只要你敢坐，我就敢开。我妈给我的最宝贵的财富就是让我突破性别框架，拥有对自己的无限自信。

现在我妈的生活里不只有我，还有她的茶，她的文学，她登上去和没有登上去的山。这些年从网上预约车到订机票，摄影、文字、公众号，她在不断地尝试，也不断地尝到甜头。她用三十几年前做过英语老师的一点点英语基础，就敢一人只身背包去国外；她还和一群大学生走独库、住青旅、公益支教。她登过的山一座比一座高，就像她的生命和生活，一天比一天精彩。

如果你有点儿羡慕我有这样的妈妈，不要犹豫，跟我结婚，立刻会获得一个很酷的丈母娘。嘿嘿！

新的一岁，不知道她又会遇到什么样的难题，反正也不用担心，所有的难题她都能一一攻克。不知道她又计划去征服哪座山，反正谁也拦不住，还好家里没钱，不然不用想，她肯定要去南极或北极。

我想她看到文章应该会很开心，就像拽着队友在一条艰难的路上独自走了二十几年，现在队友终于可以站起来行走了。但是我先说好，作为队友，我的本质还是一个懒散的人，走得不快又贪玩儿。妈妈，我们是否可以结伴沿途看风景，吹着口哨摘鲜花？

写在女儿生日这天

这样的夜晚，你一定又趴在用竹桌子支撑的电脑前加班。那个小小的竹板桌子，是我在北京和你过年时买给你吃饭的桌子，刚好可以放下三个盘子、两个碗，可以收放折叠，简单精致，我们俩都很喜欢。饭后你常常把手提电脑往上一搁就开始工作，这个七十九元的小饭桌大大改善了你在家的办公条件，成为你出租屋里移动的办公桌。这是我购买之时没有想到的妙用。

半夜醒来，看见你眼角的泪迹，听见你压抑的叹息，我知道，你渴望奔赴雪地，你渴望与子同裳，感同身受地站在雪地里。

那些天你一直在和我说这件事。

直到我离开北京，你的申请还是没被批准。妈妈深深理解，但我还是对你说，还是不断地做你的工作。你一直守着，从白天到黑夜，从单位到家里，从自身体温到一个新闻记者的职业温度，你始终坚守在自己的岗位上。很多人做着力所能及的事，带着爱。

妈妈知道，你一直不愿意在格式化了的思想体系和工作架构中就业。而最终，你成为一名记者。两年不到，你改变了很多，你热爱你的工作超出了妈妈的想象。当有其他机会摆在面前供你选择的时候，你没有再选择。妈妈感谢你所在单位的凝聚力，同时欣慰这两年来平台给予你的成长。我一直记得你面试入职时回答考官的那句话："我只想做一个有温度的记者。"你实现了。此时你正在这条路上，妈妈希望你一直这样走下去，成为你想要成为的那个人。

和你一起过的这个年，有着分水岭一样的纪念意义。前半段温馨而浪漫，后半段焦灼而紧张。

到北京的第二天，我们一起去看话剧。票是你知道我要来北京时提前半个月就订好了的，看到票价时我很心疼，这个数字是你在这座城市日夜打拼，汗水和泪水的叠加。妈妈更心疼的是昂贵票价背后你的舍得，而你平常又是那么节俭的一个人。

这是我第一次现场看话剧，在国家大剧院，和你一起。我们俩提前一个小时就到了那儿，行前你给我化了淡妆，我们都盛装前往。你说要让我看看国家大剧院的恢弘和气派，你说这是涵盖彰显一个国家文化和文明的地方。

在陈列馆，我看到了一个民族在文明史诗中不朽的悲歌，我感受到了中外文化精髓在这儿的汇聚与浓缩。那些剧情和画面直击我们的视角和灵魂。我们俩一直在拍照，同时在感叹，这些震撼心灵的美，不是一个小时一个晚上所能消化吸纳的。它带给我们的美与享受会一直留在心底，任何时候再想起来，都是我们生命中一场难忘的文化盛宴。

从国家大剧院出来，我们选择步行回家，沿着长安街往西走。我们一路走一路跑，一路跳着去够高高挂着的灯笼。我们唱歌，旁若无人地唱，唱儿时妈妈教你的儿歌，唱经典老歌，没想到你还记得，没想到你比我还喜欢。我们停下来拍照，和红红的灯笼，和十里长安的街巷。我们聊北京，聊家乡，聊一个人和一座城的契合与离散，聊故乡和他乡的区别，聊没有区别的他乡与故乡。我们还帮找不到家的小猫打探它的主人，我们差点儿抱回那只小猫。我们停下来喘息，回望。很长的街道，很多的灯笼，极少的车辆，极少的行人，红墙红灯笼，你红扑扑的脸，在华灯初上的夜晚随视角的旋转徐徐打开。这是一种意境，这是梦中的街景，多少次在我梦中出现。

我们像失散多年的老友在异地重逢，狂欢。细想下来，我和你平等地成为朋友，成为真正意义上的朋友，也就这一两年。坦白地说，在今天这个特别的日子，你生日的这一天，我必须坦诚。实际上我和所有的母亲一样，我们都是应试教育下的同类人。在容不得有半点儿马虎的就学就业背景下，妈妈也没能免俗。在你成长的路上，我编过很多的故事，讲过很多的案例。为了让你营养均衡，为了一个学习习惯的养成，为了让你更出色更优秀，我甚至用过不少的花样和手段，或旁敲侧击，或警醒警示，甚至动用过神明的力量。如果说，妈妈的教育没有落入俗套，那也只是启蒙引领的方式和技能与别人不一样而已。

你一直朝着妈妈预设的路在奔跑。你没有跑出边界，你没有停下来东张西望，你很配合。这期间，你可能早就洞察了妈妈拙劣的演技。你没有戳穿，是因为你从来就明白为母之心为母之意。或许，我们就是默契的同行人，那条路也是你要抵达的。

妈妈常常在想，很多母亲都有黔驴技穷之时，不是她们的表达和技能有问题，而是演员——她们的孩子，没绷住，把戏演砸了。妈妈一直如鱼得水，甚至赚了个好名头，那是因为我有一个你这样的好孩子。妈妈是所有妈妈中的一员，一直都是。我们都害怕输掉，我们没有输掉的底气和勇气。此时想来，输掉和赢了之间，我们得到了什么？我们失去了什么？我们的孩子呢？我们是否可以慢下来等等他们？在等孩子的时候，思考一下曾经被我们一再忽略的，可能是孩子生命中最重要的部分。

当你因为工作压力过大要去看心理医生时，妈妈很自责。妈妈承认，一直以来，我只是在培养一个优秀的孩子，但我并没有教会这个孩子如何躺下来，然后把肩膀给她。可能每一个母亲都和我一样，时时在意孩子的成绩和品行是否满分，却常常忽略他们快乐幸福的指数。而这些被我们忽略掉的部分，可能是生命个体不能或缺的养分。

我们就是这样功利，我们往往连承认自己功利的勇气都没有。我一直以爱的名义绑架，以爱的名义威胁，以“为你好”的名义逼你去上启蒙班、补习班、兴趣班、火箭班，就是没有让你去心理辅导班。家长觉得没有必要，老师觉得没有必要，在所有人都觉得没有必要的路上，我们的孩子在逃离、在抑郁。写到这儿，妈妈向你道歉，每一个良苦用心背后的母亲都应该向自己的孩子致歉。如果可以重来，妈妈一定会寻找一条鱼和熊掌兼得的路带着你走，哪怕慢一点儿，哪怕走不太远。

你感觉到没有，我们渐渐开始懂得对方。懂得与之前的理解不一样，与本能的爱也不一样，懂得是超越了爱与理解的惺惺相惜。又或者说，不是懂得，是我们慢慢成为对方喜欢的样子。虽然我们还是世界观、人生观有着差别的两代人，虽然我们彼此身上还有性格的硬伤，还有各自家庭的成长印记，但这些都不妨碍我们成为灵魂上的朋友、生活中的朋友。朋友，蓦然回首，你就在灯火阑珊处。

妈妈很欣慰，你读过的书、闯过的世界，最后都长成了丰满的羽翼。和你小住的这些天，妈妈看到了另一个你，独立自律的你。除了不规律上班和加班，你的生活里开始有了我的影子，我的影子长在了你的生活里，我不知道是好还是不好。我不知道将来的某一天，你会不会成了我，这样一定是不好的。

记得四年前我们娘儿俩有过约定，每年过生日这一天，给对方写封信。我一直没有动笔，你也没有坚持下来。但妈妈没有忘记我们的约定，相信你也没有。

今天是你二十六岁的生日。对于这个年龄的女孩子来说，亲朋好友无可避免地都在牵挂你的恋爱和婚姻。记得到北京的第一天，妈妈和你说起这件事，你一直没说话，你一直沉默着，从西客站到你的出租屋。妈妈很忐忑，第一时间和你谈论这件事，你一定以为，妈妈此行就是这个用意。其实不是，真的不是，是话赶话说到了这儿。

回到家安顿下来，你才对我说："妈妈，我是一个身心健康的孩子，我具备爱的能力，遇到合适的我会恋爱也会结婚，你放心。但我不会因为你们担心的年龄、房子和爱以外的一切去恋爱去结婚。"妈妈何尝不知道，妈妈不是要让你按部就班地陷入俗世的悲欢，妈妈还是妈妈。但每一个妈妈的心都是一样的，你工作压力这么大，离家这么远，妈妈希望有一个人，有那么一个人，时常问你粥可温，与你立黄昏。

今天云南的天空蓝得挤不进一片云彩，树绿得掺不进一丝杂念，空气干净得容不下一粒病毒。春水初盛，每株植物都在返青。在这个特别的日子，在这个特殊的时段，妈妈郑重地和你说一声：“生日快乐！”

愿你一生纯良，不舍爱与自由。

我与族兄

开始写作那些年，文友们一直说起一个人，说要带我去见一见，并说这个人是我的本家。

由此，我对这个神一样的本家有了深深的敬仰和向往。

一个暮秋的午后，作家叶浅韵领着我从街区进入巷子，再拐过一个巷子，进入相对开阔的一座院落。院子不大，房子是平房，他背靠窗子坐在一楼进门的沙发上，听见有人进来微微侧身望向门口，目光相遇时，他的笑意在脸上慢慢漾开，随着我们在对面落座，他的目光从大彩那儿移到我这儿。没有想象中的高大威严，不是我印象中的阔宅豪院，一间形似布衣的居所，一个大隐隐于市的智者，一介形似魏晋的书生，眼眸中尚有清泉，笑容里都是慈善，清瘦俊逸的脸上除了岁月留下的印迹，没有人生况味，没有这个年龄的老气和衰气，这是一个人精神和灵魂始终鲜活的标志。

他显然有点儿诧异我的到来，随之把目光转向大彩，大彩和他嘘寒问暖之后开始介绍我，当他得知我也姓宁时，笑意更深了，问我是哪儿的宁家，我回复之后他又问及父亲是谁，当我说出父亲的名字时，他眼睛一亮，说认识，并让我坐到他身边来。他一边打量我一边说我像父亲，像父亲一样爱笑，害羞，还说起父亲当年工作上的出色和踏实。没想到父亲做过他的下属，更没想到一个副县长会对一个基层乡镇干部记得这么清楚，那时县里一共有二十四个乡镇。

后来说到四叔伯贤，说和四叔以及家族宗亲们正在筹备建造的宁家祠堂，说到宁家先祖，久远的周文王之苗裔和族谱，他随即找出族谱。这是我第一次看到宁家族谱，我一边小心翼翼翻阅着，一边听他说着："国史以载前纪，家传以申世模。读史书而知大道，识家传进而修身。族谱是血缘文化独有的记忆形式，它对个体的教育作用远超一般史书。"他还说一个家族可以传承十代以上的是家风，德行次之，诗书再次之，财富不过三代。从这个意义上说，祖宗的遗风或有传承，但毕竟太久远了。我突然有了一种神圣的使命感，作为宁氏族人，作为写作者，我有了想记录和探究族史的想法。作为户外人，我甚至想沿着祖先迁徙来的路线，走到源头。

后又问及我的写作情况，叶浅韵抢着说我刚从北京拿了个奖项回来，他像发现自家屋檐下不经意长出来一棵豌豆苗，眉眼里都是欢喜，连说宁家是小姓，也是显姓，出过很多的文人秀才，要我好好跟着叶浅韵写，我应下了，并怯怯地跟着叶浅韵叫他"宁老"。他一下笑开了，说："我们是一家，你要叫我哥。"我叫了声"哥"。临走前，哥郑重地把宁氏族谱给了我，我不敢接，他说其他宗亲那儿还有，他另找一本留存。

这是我们的第一次见面。

第二次再见到哥，是我为即将出版文集的名字左右为难时向他求助。也是一个暮秋的下午，哥还是坐在那个地方，中山装的口袋里还别着那支英雄钢笔，但他的旁边已多了一瓶氧气罐，我瞬间鼻头一酸，为自己这么长时间没来而自责，两年不见，没承想哥的身体要靠氧气来支撑，突然有了见一面少一面的感觉。哥可能看出了我的担心，风趣地说："我不能像你一样满山野去呼吸新鲜空气，就用氧气来净化一下心灵。"哥说着取下氧气面罩，笑得像个孩童，我也笑得像个孩童，我们就像两个大孩童傻笑着。我执意要把面罩再给他戴上，他摆摆手让我坐下，说几个小时不吸没事的。

待我拿出书稿，跟哥说明来意，哥让我从文集四部分中各挑一篇念给他听。我挑出了四篇，用宣威方言轻声念着，念到《奎屯的阳光》时，哥打断我，说没想到我曾经也是老师，他支持我以后退休了再去义务支教。当我念到《生命有无限可能》时，哥说人就要这样活着，这样活着生命才有意义。等我念完《那一夜，我登上了乞力马扎罗雪山》，哥问了很多关于登山、关于非洲的事情，并让我以后登山时一定要注意安全。念完《最美的时光在路上》，我告诉哥这篇文章有幸与彭荆风老人的文章同刊，得到过彭老的褒奖，哥听后也替我高兴，随即说起彭老的《驿路梨花》，还提到同时代很多老作家的作品。最后哥说我的语言有特色，文字有温度，能带给人不一样的感受，我得到了莫大的鼓舞。

接下来谈及哥的创作和人生际遇，虽然很多故事早有耳闻，但听哥亲自说来，几丛幽篁，一丸丹药，一曲清音，处忧患而不惊，遇风霜且无惧，他将人生中的不幸幻化成最优美的文字，还有常人无法企及的左手书法造诣，高山仰止，胜却无数课堂篇章。

后来又说到《诗经》的抒情言志，《楚辞》的一纸兰香，哥要我再读《诗经》，认真读。说到唐诗宋词，哥说唐诗似绵延不绝的青山，气象万千；宋词则如瘦梅，清绝婉丽，更有妙处。哥静静地说着，我静静地听着，那是一个老师一个学生的一堂大课。

已近黄昏，考虑到哥的身体不能长时间打扰，我把我们的谈话拉回到文集的命名上。在反复选择中，哥说到他的散文集《心灵清韵》的取名过程，我们同时有了灵感，定下了文集名字《目送流水》。哥不断地念着《心灵清韵》和《目送流水》，说这两本文集亦如兄妹。

这次之后，我很珍惜和哥相处的时光，时不时一个人过来坐坐，有时坐的时间长些，有时放下糕点就走。小院每隔一段日子就有我们的说笑声，哥的声音一天比一天弱，直到没了哥的声音……

人生是一部雄阔的书卷，摆放在岁月辽远的桌案。锦绣也沧桑，高蹈也低婉，繁茂也孤单，万般起落得失，几多聚散来去，皆是机缘，都是境界。现在每每翻阅哥的遗著《心灵清韵》，想起哥的才学，总会联想到苏轼。读苏轼的辞藻华章，感悟他跌宕起伏的人生，又会联想到哥。读着苏轼的“轻风扶细柳，淡月失梅花”，就会想起家兄随口吟出的“重重叠叠小铜岩，岩内江水注满杯。一条白龙深处颈，口中吐出宝珠来”。读家兄晚年的“不怕孤寂不厌贫，秋来花开胜黄金。深宅大院她不去，愿伴东篱作芳魂”，就不由想起苏轼的“竹杖芒鞋轻胜马，谁怕？一蓑烟雨任平生”。同样的出入高墙宫苑仍自谦逊，往来百姓始终简净；同样的经历磨难，终成大儒；同样的繁华世界，江湖路远，都将一生悲欢寄于山河，洒于草木……

前不久去新疆穿越乌孙古道时我意外受伤，差点儿丢了一条腿甚至一条命，当我写完《穿越乌孙古道》，竟不知念与何人听，愿意和我分享远方的那个人永远地走了，他留给我的，是站起来的坚强和写下去的坚守。

我认识的莫欣

和莫欣认识，得从那次野炊说起。那是人间四月的东山顶上，友人带着甜白酒上山一直藏而不露，静等我们大快朵颐之后方才拿出来。这甜白酒看上去与其他的甜白酒并无太大区别，尝一口才发现竟有天壤之别，入口即化让人欲罢不能，未等下锅煨水就被我们吃去大半，友人见状抢过去把剩余的倒入锅中，煨出来的白酒水也让我们放不下碗。挑剔的嘴巴问及这是谁家的手艺，友人笑而不答，随之把微信推在群里。加莫欣微信之时，我以为拥有这般手艺的人，一定是用此手艺谋生的生意人，几天之后拿到甜白酒才知道她是市幼儿园的老师。

我由此认识了莫欣，成为她朋友圈里的一员。莫欣是一个用图片和文字记录生活点滴的人，频繁的互动让我们很快熟识起来。

莫欣总是把没意思的事做得有意思，把有意思的事做得有意义。她每天在朋友圈发的一餐一食，一言一行，一颦一笑，如光亮般点燃我的生活。

莫欣是外嫁云南的湖南侗族妹子，会做地道的湖南菜，会做地道的宣威菜，当然，会做什么或者不会做什么并不重要，现在只要一个电话，大小馆子都能买得到。但要说到做饭那份心情，那份享受，看着视频都会沉醉，恨不得马上找来食材模仿，模仿成功也不一定吃，还是想吃她视频里的那一份。

她左手拎根水管，右手拿把扫帚，起劲地洗刷刷洗刷刷，不断变换着身姿，似乎流水和洗刷声是美妙的交响乐，幼儿园地板是她的舞台。她那种陶醉的代入感，会让你觉得清洁地板是这个世界上最幸福的事，看到带劲处，恨不得把办公室重新洗刷一遍。脏活累活很辛苦，但热爱就不一样了。

很多人把时间花在瑜伽上，而莫欣是把劳动当成瑜伽。上班、拖地、洗衣、做饭、织毛衣、腌咸菜、点白酒、做公益……一些寻常乏味之事，她都做到极致，都会开成一朵花，她在任何空间都像花一样开放着。

莫欣一直走在公益帮扶的路上。给桥洞下的流浪者送饭，给坡村的留守儿童送衣，给没有孩子的老人剪指甲……她在宝山，她在格宜，她在靖外，她在帮扶的路上。她所到之处，春风化雨。她在给婆婆滚豆花，她在给妈妈织毛裤，她在给陌生人做甜白酒，她在给小朋友暖手，她在为同事擦皮鞋，她在疏导迷途的浪子……敬公婆，孝父母，惜同事，护孩童，她活在光明与爱里。

这个世界上有很多美好的相遇，都是来自莫欣的甜蜜，带着甜白酒的软糯清香。一天，当莫欣从我朋友圈得知我的同学创业失败处于人生低谷走不出来，她带着甜白酒和亲手织的毛裙前去探望，后来同学和我提起我才知道。不了解她之前以为是爱屋及乌，后来与她相处久了，发现有人间疾苦的地方就有莫欣。

莫欣说这些年最幸福的事是收到匹配成功的短信，有人因为自己的帮助而获得生命希望，自己的血液一次次流淌在别人身上，有一种神奇的感动。

她的朋友圈可抵岁月漫长，可御世间薄凉。有人说她是活雷锋，政府授予她道德模范的称号。而我觉得，她就是隔壁大姐，邻家小妹，老师妈妈，失散的亲人。她是光，是暖，是人间四月的天。

有些人，单就拥有她的朋友圈就是福祉。从做莫欣朋友圈里的邻居开始，除了收到甜白酒，还有萝卜干、韭菜根、腐乳、辣酱以及她家乡的很多特产……

一次偶然的机会，我有幸被邀请去她们幼儿园做分享，结束时她深深地拥抱了我，像拥抱每一个走入她心里的人。临走时她送我的，是比鲜花更长久的多肉，那是一盆被叫作天师的极品，长势喜人，连盆足有十斤重。我一再推辞的本意是怕自己养不好辜负了她的美意，后来我还是辜负了，就像人生中很多注定要被辜负的人和事一样，万物皆有定数，很多珍贵的东西总是会在时间里失去。而我们必定记住的，是相送时那份沉甸甸的心意。

常常会因为一个物，一件衣，想起一个人，想起来的时候，嘴角上扬，心怀感恩。

都说有趣的灵魂万里挑一，而莫欣就是千万个灵魂中最有趣的一个。有时她正正地站在那里，像一把尺子，丈量着人间的冷暖；有时她调侃丈夫，鞭策孩子，打趣朋友，唱双簧、摆擂台。尤其是她对宣威方言土语的运用，常常让人忍俊不禁、哭笑不得。

在莫欣眼里，只有黑和白，没有渐进色，这是她的脾气，也是她真挚可爱的地方。一粒沙就会硌疼她的眼睛，如果她真生气了，话是带着火星子摔出来的，如果沙子再多几粒，刀子都有可能横着出来，这就是刀子嘴甜白酒心的莫欣。

小 江

小江发源于务德镇小竹箐，全长65千米，集水面积1235平方千米，长10千米以上的较大支流有3条。李斯在《谏逐客书》里说："泰山不让土壤，故能成其大；河海不择细流，故能就其深。"西泽河纳三川而成小江，小江虚怀若谷有泰山长江之博，亦如西泽人之胸襟，吸纳微尘细流而装下群山大河。

小江的源头大龙潭，深不可测，非舟不渡。

小江之水

小江像上苍镶嵌在滇东北绵绵群山中的一条巨龙，小江更像绘画大师一气呵成构筑在群山环绕之中的作品。春天的小江柔和而平缓，崖上开满各色小花；夏天的小江激情澎湃，草木葱茏；秋天的小江矜持柔媚，层林尽染；冬天的小江清冽沉静，着一身翠绿的竹衣。

小江一直是户外人的天堂。去小江是不选季节的，小江一年四季都是景。但要重装穿越小江，一般不选丰水之季。所谓重装，就是背着帐篷、炉头和户外一切生活必需，沿江顺流而下，在小江的某一段安营扎寨，住上一天一夜或几天几夜。

初入源头，山依着水，水傍着竹，红墙灰瓦，流水人家。枯水时节的江水，没有山洪暴发的捣蛋，没有泥沙裹挟的调皮，暖阳蓬勃着对大地强烈的爱意，在头顶形成灿烂之势，微风适意地调节着炎热的天气，细流柔和地舒缓着河床的情绪。以喜欢一株草的视角，放眼万物的绿意；以看一朵花的视野，倾听百花齐放的颂歌；以疼惜路边幼虫的破茧，感知万物生灵的悲喜；以一江之水的胸襟，怀揣一个世界的百川齐鸣；以一个徒步者的心境，从容走在或平坦或崎岖的河谷山道，滔滔不绝的江水，是徒步者脉搏跳动的回音。

越往下，河床越窄，水流湍急，到了纵深处，是两三百米高的悬崖，悬崖上林木密密匝匝。窗风洞、月牙洞、三口槽子、老红岩、大石洞、八仙桌、簸箕湾、石花瓶、小龙潭、牛鼻子、一线天……洞幽坑奇，崖高谷深。垂柳婆娑，怪石嶙峋。民间有诗云："头顶金字竹，脚踏簸箕湾，面前八仙桌，哪个理着烂棕索，银子拿马驮，若你不相信，一双石花瓶来执证。"远处坡上，羊群若隐若现，山歌忽近忽远："高枝高秆是高粱，细枝细叶是茴香。妹是院中茴香草，轻轻一摇满园香。"顺着声音的来处有一句没一句曲不成调地隔江回应，却始终看不见那唱山歌之人。

要到太阳偏西之时，方可到达相对开阔平坦的露营点，此时你会看到万道霞光跃入江面，折射出五彩斑斓的光，裸露的石头在河床里熠熠生辉。会捡到宝石吗？来不及支帐篷，丢下背包，挽起裤腿，追打着，嬉戏着扑进河滩。小江之水暖兮，可以濯我足；小江之水清兮，可以濯我食；小溪之水奔流不息，任我取。

河边挂着野桑果，水边烤着大牛肉，餐桌置于河中央的裸石之上，香喷喷的火腿抬上桌，你坐过这么奢华的餐桌，吃过这样的流水席吗？火腿里的鲜笋是沿江就地取材掰来的，剥去笋叶汁水还在。水酒一波接着一波，直到月隐群山，星星陆续结伴，酒尽人还欢。微夜时分，江水拍打夜色，星星镶嵌山顶，断碑敲音，石莲夜话，围火煮茶。音响里放着异域男高音，高亢声不断。抬头星空璀璨，低头火焰阑珊。

火在左边，伴在右边，有火有伴的夜很温暖。

小江之人

那夜之后，你会爱上小江，爱上西泽。西泽山水从此成为户外人的天堂。春天的金竹箐，夏天的石城河，秋天的戈平，冬天的迤那沟，西泽一年四季都让人流连忘返……你可以用画家的视角在这里发现艳丽的色彩，可以用诗人的眼光在这里读出清新的诗行。

后来，你还会爱上西泽竹器，西泽白糖，戈平秋景，柿子柿花。再后来，不管因何而去西泽，你都会拐到小江，或沉醉竹林的婆娑倒影，或追逐河滩的落日西斜。无来由也会驱车前往，江边坐坐，竹林走走，掬一捧江之水，净手足，解饥渴，像去完成一个心愿，像回一次家。

“小妹，哪里人？从哪儿来？快到家里来坐坐。”就在你转身之时，常常会听到软软糯糯的问候声从竹林深处的农舍传来。

没等你回过神，一个大妈或一个大嫂笑盈盈地向你走来。如若你推辞着转身要走，那你回去的手上一定捧满了板栗和柿子饼；如若你推辞着要给钱，那大妈或大嫂一定会说：“家屋所出，给钱就害羞了。”“害羞”是难为情的意思。在西泽，你常常会害羞。

如果你只是平常路过，龟山静卧云下，江水静静流淌，西泽淹没在历史的浓荫之中。然而，小江是宽广过的。

小江孕育了西泽文化。小江两岸自古钟灵毓秀，地灵人杰，从海龟学子符聘卿老先生开始，西泽圣贤学者辈出。你可能难以置信，西南边陲这个贫瘠的乡村怎么能和高等学府联系在一起呢？但当你翻开百年书香画卷，每一个走出去的西泽人都是一棵竹、一滴水、一缕光、一支短笛、一句华章，带着小江的灵性和气节。

小江孕育了红色西泽。西泽不但是城市后花园，更是红色根据地，曾在解放战争时期，为宣威及滇东北的解放发挥了重大作用。那时从戈平到黄家台子，曾是滇东北地委、滇桂黔边纵第六支队创建的革命根据地，建有枪械修理所、医院、印刷厂、武器仓库等，还开办了滇东北地委军政干校，为滇东北的解放培养并输送了四百多名地方干部。

如今走入西泽，竹林绕舍，柿花醉人，土夯的墙上依稀可见“全国人民团结起来，拥护共产党”的标语。青山不改，江水长流。“玉可碎不改其性，竹可焚不毁其节”，这就是如竹之节的西泽人。

如果说西泽曾是红色的西泽、宣威的“延安”，那小江就是“延河”、宣威革命的母亲河。

年　味

自从老家的房子卖了之后，我们就没有真正回去过，偶尔上坟路过，也仅仅是路过。这样算来，家成为家乡，已经有二十几个年头了。

前一阵，父亲把老家的老屋买回来，在原来的地基上盖了个三层楼的四合院。母亲就说今年过年要在新房子里吃个“意思”，来年就不用瞧搬家的日子了。

路程在车轮下不断缩短，山风轻轻拂起尘封的往事，记忆的硬盘在不断打开，鲜活。

想起了很久以前的岁月，还有那些遥远的人和事。想起三奶奶带我去她娘家做客，她娘家侄给我的一本小人书，那是我生命中的第一本启蒙书，书页磨破了，可以倒背如流了还舍不得丢。后来，表娘的女儿从昆明回来省亲，用另一本小人书外加两颗水果糖才换走。至今我都记得两本书的故事和情节，前一本讲述一个儿童团员成长的故事，后一本讲述二十世纪六十年代的孩子的少年时代，以及他们的生活和学习。这两本书曾长久地启蒙过我枯寂的童年，尽管书名已经忘记，但开头那句话我一直记得：“回忆过去的生活，无异于再活一次。”

这句话深深刻在我的脑海里，直到多年后我才知道这句话的出处。

想起我们每一个晚上凑在邻居大妈家听她讲挖“汞”的故事。今天我都不知道“汞”是什么东西，但那些惊险离奇的故事，不敢听又唯恐漏掉任何一个细节。每天早早写完作业就到大妈家候着，其实也没什么必须要写的作业，无非就是把当天的课文再背一遍，做几道算术题而已。

大妈只有干完地里的活儿，做完饭，喂完猪，悠悠地煨上一罐茶方才坐得下来，而她坐下来之前总是要拍拍身上的围腰，再搓搓双手，喝口茶之后象征性地咳嗽两下。这是大妈讲故事之前惯有的开场白，多少年来成为我记忆中的一种仪式。如果碰上农忙，则要等到月亮升起几竹竿才开始，这之前，大妈这几个连贯的动作一样不少，尽管她身上的污渍和猪食味还一样存在。

就在那漫长等待中，我们五六个人挨挤在昏暗的火塘边不断模仿大妈的口气，复述前一天的故事，或者根据大妈之前讲的情节胡编乱造，漏洞百出又标新立异。

大妈不识字，可脑子里装满了故事。外面黑黢黢的，听到惊心动魄处我们就相互抱着尖叫，然后又期待着下一个章节更惊心动魄地到来。偶尔会从远处村子传来一两声狗吠，和故事里的声音混在一起，故事如长了脚一般一下就立了起来，让人毛骨悚然又意犹未尽，直到月亮都睡了，个个还揉着酸胀的眼睛祈求大妈再讲一个。

那故事中的人是月亮的化身，那故事中的万物都能开口说话，那故事中的大树变成房屋，那故事中的云彩流出了眼泪，那故事中的木头插上了翅膀，那故事中的山体里藏着宝藏。我们漫长的童年之夜，被这样的故事照亮。

想起邻家姐姐进城念初中回来教我背英语单词，我用汉字标注好反复念了七天，第二个星期她回来，我很熟练地还课给她，她笑得前仰后合眼泪都出来了，说我白费功夫一个单词都读不准确。因了这次教训，在后来我当英语老师的那些年，就是嗓子坏了，我也不让我的学生在英语单词前面标注汉字和拼音。

想起调皮的弟弟被母亲吊在房檐的柱子上，奶奶抹着眼泪，我们惊恐地看着，母亲打一下问一句："还敢不敢！"直到母亲打累了，倔强的弟弟也没求饶过。

想起了奶奶，裹着小脚的奶奶每个周末都到村口迎我回家，送我去学校。记得奶奶给我留的那块糕点、那口饭菜，记得惶恐害怕时奶奶揽我入怀，顾我左右时的情景。

我最敬爱最亲爱的奶奶，她留在了这里，留在了家乡寂静的黄土深处，我心最柔软的地方。

那时的我们是数着日子盼望过年的。杀猪了，放鞭炮了，穿新衣服了，昆明的姨奶奶回来了，带回来好多新奇的糖果和糕点，我们围着她一个劲儿地问长问短。过年期间表现好的，期末考试成绩好的，过完年姨奶奶就会带着去昆明。为了去昆明，每个年我们都争着洗碗抹筷，在姨奶奶面前争着表现，至于成绩，得看天意，我常常失手于老师出题总不按我的思路来。先被姨奶奶带走的孩子高兴得跳脚麻手，没得去的孩子背地偷偷抹泪，暗暗下决心要在下一个学年尽力考个好成绩。

当老板的四叔回来了，开着他的小轿车，拿着和砖头一样大的手机，拉着我们在老家街上到处转悠，车上挤着我们堂兄姊妹五六个，我们假模假式地拨打无机应答的大哥大，逢人就问：“你见过可以拿着到处跑的电话吗？”这样来来回回地显摆，引来外婆家村子那群孩子的嫉妒，他们用弹弓打四叔的车，提着我们父母的名字骂：“有什么稀球奇的！”为了捍卫有车有大哥大的尊严，我们叫着自己外公的名字，向表哥表弟们开火，恶战回来后被母亲吊在房檐上，她打一棍子骂一声：“逆子，祖宗的名字你们都敢喊！”

村庄在视线中更迭，回家的路真长，一走二十年。回家的路太短，说话就到。

村子周围停了好几辆回来过年的车，不同车型，不同城市的车牌。好多孩子在村口打闹着，不时点上一个爆竹，他们好奇地看着我们。我们也打量着他们，这是谁家的孩子呢？很遗憾，一个都不认识，真是应了“儿童相见不相识，笑问客从何处来”。

刚下车，有人唤我乳名，抬头见是个大娘，我赶紧迎上前去，紧紧握住她的手，我不停地在脑子里寻摸记忆，母亲在一旁嗔怪我：“你这无用的孩子，这是你李大妈，翠翠她妈，你小时候常去她家玩儿。”哦，想起来了，她有一个女儿叫翠翠，我们经常约着一起去拔猪草、去跳海。跳海不是真跳海，我的家乡没有海，这是一种游戏，用房顶瓦片的四分之一或者三分之一，总之是一块和脚面差不多大小的瓦片，单脚送进事先画好的框内，另一只脚不着地，一直不着地，送瓦片的那只脚一直在跳着送瓦片，从一个框送到另一个框，从一片海送到另一片海。框为长方形或正方形，里面分成八个或十个方块，瓦片压着边线为输，双脚着地为输，我常常跳不过翠翠，我常常因为跳海没找够猪草而被我妈打。

二十几年来，除了父母，还是第一次有人叫我乳名，所有的乡音乡情就在这一声呼唤中醒了过来。老槐树还在，杏树不在了；草垛还在，大黄狗不在了；茅厕还在，石磨不在了；我们的家还在，变成新的了。看着这陌生而又熟悉的一切，我有一种莫名的亲切和激动，和孩子们絮絮叨叨地描述着我们小时候房舍的样貌、锅洞里的洋芋、墙洞里的鸟窝、槐树上的秋千……

母亲催促我们快些搬东西进屋，指挥着谁贴对联，谁热菜，孩子们把青松毛撒在屋子中央，一个绿色的餐桌很快就搭建完成。青松毛是从城里买了带来的，没那时的长，也没那时的绿，那时的松毛是我们一根根一把把拽下来的，我还依稀记得撕松毛时盼年的心情和那股清新的味道，手上沾满松油，白白的，像用苞谷做的白糖一样沾手。我们在上面吃饭，睡觉，打扑克，翻跟斗，一直要垫到过完小年才肯扫出去。

我真佩服能干的母亲，她用尽各种办法硬是带来了十八个菜。记得小时候，年前母亲就把过年猪卖了，弟弟追出去很远，就是不让人家把猪拉走，猪拉走我们会难过好几天，直到母亲把用卖猪钱换来的新衣服套在我们身上。记得有一年邻居家宰猪，弟弟哭着回来和母亲说人家不让他看，母亲当时挥动着猪食瓢，像是在和我们宣誓，又像自己在下决心，她说："明年不卖了，不卖了！等明年咱家宰猪的时候把邻居们都叫上，来看咱家宰猪，来和咱们一起大块大块地吃肉。"第二年，我家真的杀了年猪，我们还得到了几个鞭炮的额外惊喜。

放鞭炮！过年了！父亲把长长的鞭炮从大门口一直拉到院中

央，看着鞭炮在地上跳来跳去，孩子们先是捂着耳朵，鞭炮声一停就忙着去捡拾没有点燃的哑炮，像小时候的我们一样喊不住。看着奔跑的孩子们不断把哑炮点燃抛向空中，父亲说那是没有长大的我们。浓浓的硫酸味夹杂着青松毛上飘来的淡淡的饭菜香，此时弥散着整个小院，我们的年味又回来了，那是一种历久弥新的童年的味道。

我们一家人围坐在青松毛周围，父亲让我们抬起酒杯，郑重地做了发言："这个年我们回老家过，以后每年都回来过。今年我和你妈很高兴，一是你们都搬了新家；二是把这老房子买回来翻盖，圆了我和你妈多年的心愿；三是孙子孙女学习都有了进步。其实，我和你妈最高兴的是这么多年来你们姐弟团结，一路扶持帮衬，更重要的是你们还分得清五谷，没有忘本。"

父亲的话触碰了我情感的闸门，人间至味是年味，人间至情是亲情。我们姐弟三个从小学到大学，从农村到城市，虽没能成名成家，大富大贵，庆幸我们没让父母失望，没有丢失生命中最本初的光华，相互帮扶着一步一步坚实地走在路上。

我们举起酒杯，祝父母长寿安康！我们吃着，喝着，说着曾经的人和事，讲着村里的过去和现在，各自规划着蓝图，弟媳说要在院子里种棵香樟树；三个孩子说要养条狗；小弟说三楼得摆乒乓球台和麻将桌，母亲说这下有地方晒洋芋片装豆腐血肠了；我说，每年我们家都杀猪，也请同学朋友来我们家吃杀猪饭；大弟说他每个假期都要带女儿回来住住……我们就在没门没窗，门口到处还是建筑垃圾的空屋子里过了一个其乐融融的年。

返城的路上，我看着父亲的侧影，他抽着旱烟，眼睛深邃地看着远方。说实话，对于他们回老家盖房，原先我是持保留意见的。就父母而言，进城二十几年，已经融入了城市生活，越往后年纪越大，要离孩子和医院近些；于地方来说，老家没山没水没特色，每年一到春季常常缺水，我怀疑造物主是打了一次长长的瞌睡，把调色板上的灰黄都倾倒在了我的家乡。我去过很多同学的老家，印象最深的是西泽，竹依屋而生，屋靠山而居，一条不干涸的小河常年流淌。

就在今天，此刻，我明白了父亲目光背后的深远用意，无论你在多少城市拥有多少套房，差别似乎只有楼的高度，马路的宽度与天空的蓝度，那仅仅是栖身之地。没山没水没特色没关系，贫瘠也没关系，只要是家，只要是家乡，就是一家人的根，是我们心灵的归依之地，也是我们的世界开始的地方。父亲的这一决定，母亲的过个“意思”，让我们回忆和感受到了年的味道，在春暖花开的除夕，爆竹响起的夜晚，飞鸟归巢的时候，我们找回了自己的家。

第四辑　记忆

大山的守望者

我到过一个叫色米依的地方，在中国云南，东山镇朝阳村，是朝阳村下面一个最小的自然村落。

从宣威开车出发，车停田坝镇红岩村。徒步过赤那河，河上有桥，叫工农大桥。左桥墩上写着“农业学大寨”，右桥墩上写着“工业学大庆”，字体刚劲，字迹斑驳。桥墩如两位年事已高的老人，满脸透着岁月的沧桑，端坐时间罅隙处，佐证那段久远的历史。

沿山路前行，沿沟壑上行，有一个叫色米依的村子。村子位于朝阳村的南面，是朝阳村的一个村民小组，与田坝米田村一水之隔。此隔有天堑之分，鸿沟之宽，隔之为赤那河，属革香河支流，两岸陡峭，沟深，雾浓。

色米依住着四十八户人家，四十八户都姓江，同属一个祖先。据说他们的祖先曾经从一个很远的叫柳林的地方迁徙而来。东山属乌蒙山系，色米依海拔两千一百多米，山高坡陡，乱石遍布于山野，当年不通路。

色米依的祖先为何择此而居？石头缝儿里难长庄稼是每一个庄稼人都懂得的道理，就连转山徒步人找一个歇脚的地方，那也得选个平稳舒适的位置。除了战乱和逃难，会有什么理由让色米依江家的祖先迁徙到这鸟不拉屎的地方呢？

“色米依”是彝语音译，而村里四十八户人家都是汉族，为什么要叫此名呢？我俯身问路旁的大爷，大爷咧嘴笑着说：“就叫色米依呀，一直都这样叫。”远处的雾霭飘向更远处，近处的烟火升了起来。莽莽东山林，静静赤那水，色米依的来历与秘密，像此时山峦间飘着的密雾，隐于历史烟尘。

任何艰难险阻都挡不住生命蓬勃向上，大棵大棵的白菜从色米依的石头缝儿里长了出来。还有核桃树，板栗树，各种树，立于山石之间，散落村庄周围，有的几十年，有的上百年。这些果树堪称色米依的经济作物，在不通路的年代，为了换点儿盐巴钱，得走上几个小时的山道才能到达附近的赤那河或是马场集镇。

从色米依村到朝阳村要经过很多座山很多道梁，山高路陡、交通闭塞是色米依祖祖辈辈贫困的主要根源。挂包单位档案局的同志们自 2015 年驻村帮扶到现在，常驻、暂住、抽空就来，宣政策、说道理、想办法、找路子、寻根子……这是一项艰巨的任务，这是一个庞大的工程。每一道山，每一条梁都留下他们的足迹。

送去一条被，点亮一盏灯，或者，什么都没做，就是来看看，来走走。就像今天我们跟着档案局的同志一起来，看乡亲和山水，还有色米依小学里的老师和留守的孩子。档案局的同志们带着我们走进需要帮扶的每一家，每一户。各家的贫困境况都不尽相同，老、弱、病、残、鳏、寡、懒，让人心疼心酸，又恨铁不成钢。

“扶贫先扶智，扶智得从娃娃抓起，别人提供的光亮可能会照亮一时，但任何人都无法永远依赖别人前行。”挂包同志说。

沿着石阶往上走，远远就看见色米依小学。它位于两个自然村之间，这是目前宣威仅存的一所“一师一校”教学点。

两间水泥砖混筑的房子，房子不大，更像一户农家院落。左边一间为教室，教室里有讲台、黑板、课桌、教具，墙角的桌椅上还摆着几个大南瓜和晒粮食的簸箕。右边一间稍小，有隔断，里间是一张临时休息的简易床铺，床铺旁边的墙上挂着教具、草药，也有各种零杂。种子用塑料袋装着，草药连根散挂着，三角尺很大，挂在最醒目处。隔断外间有一张用水泥堆砌而成的石墩，上面放着一块方方正正的瓷砖，算是学生的小饭桌，饭桌旁边是柴火灶，今天周末，学生娃没来。

斜斜的阳光从窗玻璃有裂缝儿的间隙里照进来，我见到了这个学校唯一的老师，唯一的校长，唯一的校医。我从他清澈干净的眼睛里确定他是一个知识分子，从他衣着和鞋面上的尘土判定他是一个地道的山民。他拘谨而害羞地来回搓着双手，回答我们七嘴八舌的问题，当说到老伴，说到年轻时和老伴相亲的场景，江老师的脸一下红了，像是又去相了一次亲。

色米依小学一共有六个学生，一个老师，分三个年级复式教学。江老师属本村人，五十九岁。从十六岁当代课老师，到十八岁成为民办教师，三十八岁那年以宣威民办教师第一名的成绩转为正式教师，他坚守到现在整整四十三年。除了量化的年月和数字，他没有感慨四十三年坚守的不容易；他没说上课前得先上山寻柴火给学生做饭；他没有说为送住得远的孩子回家，雨雪天落下的那身老毛病；他没说从色米依去朝阳村开一次教师会要走三个小时山道，天不亮就得出发。

乡亲们在边上替他说，他拘谨地来回揉搓着双手补充，说有一次风雪太大延迟到会，领导还表扬他。他说在交通闭塞的乡村教书，学生头疼脑热是经常的事，就是通知家长也要走几个小时山道，得常备些草药。挂在墙上的草药有几味我认识，小柴胡、板蓝根、蒲公英、紫苏，都是应急的。

说到现在的工资待遇时他有些激动，他说他现在工资高，待遇好，有了营养餐小饭桌之后，他的老伴也有了工作。他说现在学校的环境好了，他不用在煤油灯下看书批改作业，多媒体教学设备都赶上城里的学校了……他的脸微微泛红，他发自内心地说着政策的实惠，扶贫的好处。说到电子白板，他的眼睛里闪烁着异样的光芒，像山林间的晨光投射到绿色的叶片上，难掩无边的喜悦。

前些年，有点儿门道的村里人都往外走，和江老师同辈的，江老师的学生，学生的孩子，他们都出去打工赚钱或读书，有的发了财做了官，有的考上了好的学校，有的在外面混不好又把孩子送回来。山里穷，山里人的目光有限，山里的教育资源也有限，江老师理解那些为生计、为求学而走出去的村里人，同时也忧虑那些年快走空了的村庄。

江老师说起他那些有出息的学生，马上容光焕发，两手不再拘谨揉搓，而是挽起来托住膝盖，望向远方。我们问江老师这四十三年来有没有想过调走或出去发财，他说没有想过，总要有人带这些孩子，空房空地可以，不能空了孩子，村子不能都空了。

我们再问江老师退休了去不去城里，他说没有想过。现在色米依有了通向外面的路，不管从这条路去城里，还是沿山道从朝阳村再去城里，一天就可以来回打转，很方便。村村通路，家家通电，蔬菜新鲜，空气新鲜，外出的村里人也都陆续回来种药材盖房子，现在村子开始有热乎气了，江老师欣慰地看着房顶渐次升起的炊烟。

中国有很多像色米依一样的村庄，它们曾一度失去活力老在了岁月里。扶贫的号角像一声春雷，惠民的政策如一缕春风，唤醒了沉睡中的色米依，唤醒了色米依的土地和作物。很多像档案局一样的信使，他们带着喜鹊的信息，啄木鸟的工具，跋山涉水而来，正慢慢修复村庄，渐渐还原村庄的生机。

当和我们同来的孩子阳阳从包里拿出课外书，递给江老师让他转交给学生们的时候，江老师的眼眶湿润了，嘴唇哆嗦着没有说话，双手来回揉搓着，最后他深深地给孩子鞠了一躬，才颤颤巍巍地接过书本。这个背着课外书走了十几里山路的小男孩儿，眼眶里噙满幸福的泪花。我们感动于此时此刻，此情此景。

我们一定要坐在学生们的课桌后，当一回江老师的学生，老师讲什么都可以。江老师连连说："那怎么行，那怎么行？"又开始手足无措地来回搓手。直到我们的歌声响起，江老师才放松下来和我们一起唱着："五星红旗迎风飘扬……歌唱我们亲爱的祖国，从今走向繁荣富强……宽广美丽的土地，是我们亲爱的家乡……"

我们离开时已是正午，耕过的土地上冰雪未消，高海拔的色米依依然春寒料峭。羊从圈里探头打量我们，我们也伸手去抓拍它们，它们继而低头啃干草。我们继续往朝阳村方向沿山路前行。

江老师送出来很远，他的手哆嗦着一定要我们收下那捧核桃，我们没有接，他显得非常激动，涨红的脸颊在阳光下呈古铜色。江老师是大山和孩子们的，他没有想过要走出大山，离开孩子，但我从江老师眼里看出了孤单，那是长期与深山、石块、星月为伴的孤独。孤独是一种高度，那里空无一人。

我们走出很远，上了山坡，他还站在那里，像几十年来站在讲台，像在给他的学生们送行。他就那样站着，像色米依的山，像色米依的树，像色米依的石块，深植于这片土地。

奎屯的阳光

我只是一个见证者，我只是一个记录人，我有幸见证和记录了生命中最阳光最有意义的奎屯二十一天。人人身上都有光，光明大小不一样，颜色不一样，而我以为，最好的光是尽自己所能去点亮有需要的人，照耀需要照耀的人。

——题记

2019 年 7 月 20 日，我随大学生志愿团来到了祖国边疆一个叫奎屯的小学。在这里，我将和我的队友，陪奎屯小学的孩子们度过生命中有意义的二十一天。

守望者是一个跨国家、跨学校的公益联盟组织，一个用爱心托起乡村孩子希望的大学生义务支教团队，它的初心是让更多有梦想的人加入进来，一起关爱贫困山区的儿童，一起在关爱中行走，在行走中播撒爱，传递爱，感受爱。

我有幸被破格录取。记得在接受守望者和志愿团队层层级级的面试中，每一个面试官都在问我同样的问题：“你为什么要去支教？”所有的人都很难想象，一个五十岁的在职人员，利用自己的轮休假、干休假自费支教。目前支教的只有二十几岁的在校大学生，他们好奇，我要么有高尚的理想，要么有更深刻的理由。

而事实上，我只有一种情结，一个老师脱离讲台三十年来无法释怀的情结。

那年，因为我调动工作，离开了我当班主任的班级，那个班的孩子们，每周逃学翻山越岭来新的工作单位找我。一次一次把他们送回学校，他们还是一次一次再来，直到最后我和学校达成一致，那些学生再也没有来过。

三个月后，这个班的学生被分到了其他三个班，这是我半年后回家探亲时才知道的。这期间，学校给这个班换了两任班主任，同时派很多老师去做思想工作，在所有努力都徒劳之后，考虑到这样下去不但平复不了孩子们的情绪，同时还会引起其他三个班学生的思想波动，最后不得不用这样的方式来解决问题。那天，老校长一再和我解释这个班散了的无奈，话语中有对我离开的不舍，也有对学生做出这样处理的遗憾，唯独没有责备。他一再说，你去的是好单位，待遇好还没有你教书时苦，也怪这些年分来的英语老师少，让你教四个班的英语再当班主任，太辛苦了。

那天，我没有和老校长说我不是怕辛苦。我不换职业，嗓子可能就废了，连续十几天的咳嗽加上英语领读，我的声带脆弱地被医生判定为残疾。那天，我也没说调动的机缘，事实上我已经离开了。让我万万没想到的是，让我捶胸顿足不能原谅自己的是，我的十五班没了，我的学生们在失去班主任的半年之后又失去同窗。

那天，老校长把原来十五班的学生集中在教室，让我再见他们一面，再做做他们的工作。那天，我只是和我的学生们抱着哭成一团，除了“对不起”三个字，我没有说出一句有营养的话。

多少年后我才开始自责，我应该理性地告诉他们世界有多大，他们离开老师、与同学分开只是生命中的一部分，只有告别一个又一个人，才能去向更远的地方，遇见更好的老师和同学。

那天，我和一半以上的学生见的是最后一面。后来我再没有去看他们，他们再没有来找过我，我们都心照不宣地克制着。

从此，我的生命里缺一堂课，一间教室，五十四个学生。

这痛，只有我和我的学生知道。这内疚，如负债，随岁月不停地在加息。

多少年后，我在他乡偶然遇到其中班上的一个学生，零星知道班上其他同学的境况，再说起当年……要是当年我没有离开，他们现在会是什么样子呢？我常常在每一个内疚和自责的夜晚拷问自己。

遇见奎屯，是上苍对我的垂怜，或者救赎。

我们支教的奎管处小学，是守望者的公益支教点之一。现在学生们已经放假了，我们所教授的孩子是以夏令营的方式报名来的。这期一共有五十六个孩子。

青砖红墙高大气派的建筑楼，方方正正，中央有一个大大的球场，球场一分为二，由一个足球场和四个篮球场组成。两侧是椭圆形的跑道，道旁是一大排一大排的非洲红楼，浓密的枝叶下面是一排排休憩的长凳，高大的楼树一直在这儿撑着晴雨伞。来到学校的第一天，看着这么气派的校园，这么好的硬件设施，我有些后悔，后悔自己没把教育送到最需要的地方去，直到我见到了孩子，和孩子们相处了二十一天，我才明白守望者为什么一直把这儿作为支教点。我一直以为贫穷就是饥饿，是衣不蔽体和没有房屋，来到奎屯小学才知道最大的贫穷是那些不被关爱得不到温暖的留守儿童。

我们队一共十八个大学生，他们来自全国各地，来自不同学校、不一样的专业，他们没有用暑期去旅行，去度假，去做有偿的社会实践，他们拎着简单的行囊来到了这里。除去昂贵的路费，他们中有的只有八百元生活费，有的连八百元生活费都没有，有的剩下的盘缠只够一天吃一顿饭。

我们的宿舍是学校的闲置房，顶层，没配空调电扇。奎屯的气温一天比一天高，常常半夜醒来，没盖被褥的身体裸露在开着门的风中，尽管风也是热的。擦去鼻尖上细密的汗珠，又沁出来，擦了，又沁出来，在四十度的室温中汗水以秒的速度聚集。白天我们基本无法休息，晚上有的可以凑合睡一会儿，而有的整夜都无法入睡，但第二天还是会早早地去教室，迎接同学们的到来。

刚来的时候宿舍里没有电灯，七天后宿舍里有了电灯，洗漱间的灯又坏了。没灯的夜晚，我们各自用手机照明，在足球场做手工，在明明灭灭的光影中抽动丝线。在洗漱台聊课堂聊学生，也说奎屯，说奎屯的富足与安全，说奎屯目前的教育环境超过很多的偏远山区。我们在教室里准备第二天的教案，教室里也没有风扇，但比宿舍的气温稍微低一些，至少白天晚上都有电。

我们中的很多人在操场上搭起了帐篷。比热更难受的是蚊子，它们每晚带着自己的队伍来，在围攻中唱着凯旋之歌。一般的灭蚊之药无御敌之用，任你东西南北喷洒防护，在这儿，你是干不过蚊子的。洗澡还得到两公里以外的大澡堂，洗头和擦身子可以在宿舍或洗漱间将就。每天都会有学生来拥抱你，让你每天都有了换衣擦身的庄重，像去迎接每一天的太阳，去捧住一朵圣洁的莲花。

我一直以为这一代人是吃不了苦的，至少不像我们这代人这么能吃苦，包括生活上的苦、工作中的苦。当我和这十八个大学生工作了二十一天，相处了二十一天后，我才知道，备课室的灯每晚亮着，每天从备课、上课、还课，各种不同的兴趣课，到思想工作、家访，宿舍到教室，教室到宿舍，两点一线连轴转，隔天还要分析课程设置与学生特点，不断调整教授内容，以及学生愿意接受的授课方式。关键是没有人给他们规定教学任务，也没有人来检查他们的教学质量，但他们一直在坚持在努力，他们同时还试着引导那些有艺术天分的孩子们去突破、去创新，手把手地教孩子们编手环、画画、跳舞、唱歌、练毛笔字。

正午，是奎管处小学一天中最热的时刻，一下课，学生们还是蜂拥跑向体育场，首选羽毛球，足球和篮球次之。学生们黏着老师，他们热衷体育运动远远胜于语文数学，他们甚至喜欢在四十度的太阳底下奔跑、出汗、挥动着胳膊。每天他们早早就来到学校，放学了也不肯回家，撵走了又偷偷回来，回来就赖着你依着你，每一次离开都如同告别，每一次见面都像久别重逢。

他们拥抱你的时候，是天使，他们在球场上奔跑的时候，是健将，一到给他们上文化课就秒变魔兽。他们甚至不清楚上课和下课的区别，他们在课堂上的随意和赶集没什么两样，他们出拳的速度像练过十八掌，而且巾帼不让须眉，这些孩子给我们打开的世界，远远超出了我们来之前的认知。

到奎屯小学没几天，我们几乎都放弃了之前精心预讲过很多遍的教案，我们不再花过多的时间去探寻什么授课技巧，而是把时间和精力放在陪伴上，陪他们踢球、唱歌、跳舞、剪纸、练书法、谈心，甚至打闹。还有家访，家访时才知道有那么多孩子生活在单亲家庭，单亲家庭里又有那么多孩子的父母不在身边。

那个叫尼格热的女孩儿，那个有着湖水一样清澈眸子的九岁女孩儿，那个抱着老师不松手，天黑又返校黏着老师的女孩儿，父母离异后跟着在餐馆打工的母亲。第一天到奎屯时我们的聚餐，就是她替母亲招揽的第一笔生意。点菜算账时她的计算娴熟而精准，一到上课一脸懵，思绪常常游离课外，提问时才发现她其实不认识几个字。她不爱阅读也不爱文化课，但她喜欢唱歌跳舞，歌喉如草原一样清澈辽阔，舞姿有着成年女孩儿的娇柔。

我们对这个女孩儿都有不同程度的关爱与纵容，时常去看她，以到她母亲打工的馆子吃饭为名。她介绍菜谱和算账时的表情，她招揽顾客和师傅们对话的神情，那眸子里不再是清澈的湖水，是生意人的狡黠与世故。我常常心疼和叹惜，环境对一个孩子的成长和影响太重要了，而夏令营的时间又如此短暂，二十一天不足以带给孩子什么。可我，我们，就是再多一些时间，又能给予她什么？能改变什么呢？

但我们还是不放弃任何一点儿时间，任何一种尝试，我们想创造我们来过的奇迹。我们像拿着大把种子的农民，看着饥荒的土地，着急地要将种子撒向田野，我们想在干枯的土地上喷洒雨露。我们是爸爸妈妈，我们是哥哥姐姐，我们是老师是朋友，我们苦口婆心，苦口婆心还加上喋喋不休。真心希望我们的哪句话会在谁的身上长出翅膀，哪种思想会在谁的身上开出花朵，哪个观点会让一株小苗不断拔节……

今天是六年级的最后一节课，我没和他们谈阅读与写作，之前要给他们上最后一节英语课的想法也放弃了。在这之前，准备系统教他们国际音标的想法放弃得更早。我跟他们谈这间教室与大学的距离，谈奎屯与无限广阔的世界，谈个人卫生与环境保护，谈仪容、仪表、仪态，谈自重与尊重，今天是七夕，甚至谈到了亲情与爱情。

事实上从接触这群孩子开始，我一直在不断地调整教案，以适应不缺失文化知识但需要陪伴的孩子。“因材施教”这四个字，在奎屯支教的这些天我体会得最为深刻。比起引领，奎屯的孩子更需要陪伴；比起优教，他们更渴求你的拥抱；比起物质的给予，他们更需要你精神的呼唤。

记得那天我在给五年级录像，一个男生哭着从足球场向我跑来，站在我对面用手捂着脖子一个劲儿地哭，告诉我他的脖子被夏木轩的手肘弄疼了。我告诉他不要紧的，小手肘不像球那样有惯性力，男子汉不要这么脆弱。无论我怎么安慰，他都一个劲儿地哭，说太疼了。我仔细检查他疼痛的部位，突然意识到他疼痛背后的情感需求，我赶紧心疼地把他揽入怀中，摸着他被弄疼的地方，问他现在怎么样了。他抬起头望向我，说不疼了，真的不疼了。

在奎屯，教室是方的，球场是方的，方块字是方的，理想是方的，孩子们的快乐也是方的，所有的一切都安全地装在方形的盒子里。孩子们对这种方方正正的盒子有一种时时要爆破的冲动，我们试图去掉那些边框，让快乐理想飞出去，但我们又不敢全部去掉。

教学在有序和无穷变化中进行，生活在不方便和习惯中适应，气温升了一些降了一点儿，像每天不同时段的太阳，给你温暖也让你酷暑难耐，我们就这样持续了二十一天。因为爱和爱着，我们每天都在重复，我甚至学会了踢足球。我渐渐感觉到奎屯阳光在皮肤上的温度，树上知了在歌唱，篮球、足球、羽毛球在校园跳跃奔腾。空气里有水果的甜味，有馕的香味，感觉到渐渐热起来的手指、关节、肺腑，渐渐热起来的眼眶，以及孩子们羊群般的存在。

这个清晨，当阳光斜斜地漫过校园，孩子们和又一天到来的时候，我想，如果不是二十一天的志愿者支教，如果是一年、两年、十年的工作，或许，我就留下了。这里有很多间教室，这里有五十六个学生。

老马如花的世界

掐指算来，我和老马已是三月未见。这是一个虚拟的春天，我的镜头里没有老马；这是一个真实的春天，我镜头里的每一朵花都是老马的笑脸。

那日，老马站在山茶花旁轻嗅；次日，老马的裙裾在随樱花飞舞；今日，老马灼灼其华，有甚于桃花之明丽。有生之年，未来的日子，老马不知又会流连在哪座山中，哪朵花下，迎着光，摆好姿势，在等为她按下快门的那个人。

老马爱山茶、爱杜鹃、爱牡丹、爱菜花，老马爱野生的花，老马爱家养的花，老马爱每一处，每一朵，每一丛，山间、地头、河谷、沟渠里的花。只要是花，老马都爱。只要有花的地方，山再高，坡再陡，雪再大，老马都会兴奋地爬上去，挥舞着双臂呼唤我来给她拍照，一处都不能少。

云南四季如春，作为滇东北的宣威，更是四季如春。从春天的桃红梨白到夏天的月季玫瑰，从秋天的桂花和菊到冬天的山茶和梅，有花的地方就有老马的身影。

老马不仅爱宣威的花，也爱贵州的百里杜鹃，阿坝的高山雪莲，更爱阿尔卑斯雪山小镇上每一家门前随意摆放着的花花。不管多有特色的民居，不管多有创意的建筑，不管多有意境的画面，哪怕是世界著名铁塔——埃菲尔铁塔，哪怕是在勃朗峰的雪山之巅，老马最先惊呼的，一定是景观里的花。

老马还爱雪花。冬尽春初之时，你一转身就会看见老马站在季节的窗口，漫天飞舞的雪花落在她红扑扑的脸上、红袍上，老马像腊梅一样绽放在田间地头，或是东山顶上。老马的笑带着春风的喜气，老马的脸有着春日的明丽。你看到老马，亦如在寂寒的冬日看到花开。

说到这儿，你在心里一定惊呼了很多遍，这就是个花痴！说老马是花痴一点儿都不为过，我从来没有遇见像老马一样的爱花之人。老马看花时的眼神，拥花入怀时的姿态，在花前不挪步的陶醉，简直就是一个十八岁少女的样子。

老马爱花，认识老马的人都知道老马爱花，花是老马朋友圈的主色调，亦如老马的生活，简单美好，如期绽放。

我和老马认识当然不是因为花，是因为走山。山上当然会有花，不同的山上有不同的花，不同的花前有不同的人。老马是在我们一起走过两年之后，在我帮她拍完珠江源马缨花的那天才对我说："以后你去哪儿我就去哪儿，你走哪条线路我就走哪条线路。"

从此老马成了我的模特，我成了老马的摄影师，我们一起走山，一起拍照。

每条线路上都有认识的、不认识的驴友排着队等我帮他们拍照，拍完说声谢谢就走了，只要晚上在群里找得到自己的照片。而我常常落在队伍的后面，我的后面还有老马，老马不是帮我背着包，就是帮我拿着登山杖，还有喂我的各种小吃和水果。

最初我叫老马“马姐姐”“马老师”，走着走着，拍着拍着，我们就成了朋友、姊妹，成为彼此生命中不可或缺的部分。我开始叫她“老马”“姐姐”“马荣芬”，叫什么是根据当时的环境和我的心情。之所以敢这样熟而不拘礼，除了亲近，还是亲近。当然，这其中也有我的不懂事，也有老马的丢三落四和不记事。对于老马的丢三落四和不记事，我通常直言不讳以示训诫。而老马对我同样的错误却绵里藏针，不动声色。

记得在穿越尼泊尔小环线的第三天晚上，我整理完当天所拍的照片，惯例看几页书就准备睡了，第二天还得早起拍日出，可翻遍背包的所有角落都找不到带来的那本书。应该是昨晚装包时忘在营地的床铺上了，在没有信号的山里，书是我唯一的精神食粮。每次无论怎样负重，我都要带上一本，这下可好，至少要挨过三个晚上的饥荒，才能走到有信号的地方看电子书。辗转反侧之中我有些崩溃，每天强耗体能之后，书籍是我最大的慰藉，它甚至超过食物给予我的享受。其实很累了，也看不了几页就想睡，但要是没有了这几页，是久久不能入睡的。

这时听见老马翻身下床，在背包里摸索：“就知道你离了书睡不着，今早出门时发现这书还在你枕头边。”

老马把书背来了，老马没有批评我，没有像我批评她那样批评我。在不开大灯的昏暗中，我看到老马笑成一朵花的脸，和那本递过来的书。老马帮我捡到相机的时候，帮我捡到手套的时候，每次都笑成一朵花。我知道老马笑容里的意思，这意思是让我找条地缝儿钻进去。

后来，老马还成了我的文友。老马成为我的文友是迟早的事，老马爱看书，老马本就是一个文人，一个桃李满天下的高级语文教师。从宣威颜如玉组稿到现在，老马慢慢捡起手中的笔，一笔一画，越来越好。高级语文老师的老马还是我的校稿人，我每篇文章面世之前，都要经老马之手帮我修改错字、别字。

我们走山时常常会遇到很多意想不到的事，还有困难，不管什么样的事，到了老马那儿都不是事。

那是穿越阿坝七藏沟的第三天，我们在红星海子下面的河谷地带露营。我和老高在点炉头煮饭，老马去河边洗菜。吃完饭准备进帐篷时，老高突然惊叫起来："哪儿来的血？"我看见从营地到河边的路上都有血迹。老马这时才坦白是刚刚去河边洗菜刀时划伤了手，划伤之后老马回来贴上创可贴又去河边洗菜，当老马第二次返回河边洗菜时，暴雨劈头盖脸地砸了下来，同时砸在她刚刚划伤的口子上。现在老马已经换完淋湿的衣服，换好创可贴从帐篷里出来。她挥舞着手臂告诉我们不碍事，她皮实得很，不会咋个。我知道老马的性格，如果不是血迹暴露，老马一定会瞒过去，她担心我们余下来的时间不让她干活儿。

后来真的不咋个，老马的身体太皮实了。

那年在神湖，高山上的冰瀑在风的助力下像从天上倒水一样泼洒在她身上，几个小时才回到营地也不咋个。每一个在老马微信运动圈里的朋友都知道，她几乎每天都霸占封面，封面的背景图片是一朵我叫不上名字的花，那朵花从我认识老马到现在一直没换过，我们叫它霸王花。借用和老马一起去体检的同事的话来说，老马有三十岁的心脏四十岁的心态。而比我大八岁的老马，今年五十九岁。五十九岁的老马在每次半程马拉松中都跑在我前面，老马这身体，让我们每个人都叹服。

身康体健的老马这些年给我们买了很多进山时的保健品，阿胶和钙片，高糖和维生素，还有大枣和参。老马是节俭的老马，老马口袋里一个过夜的熟鸡蛋，一块磨破包装纸的巧克力，一颗大枣，几粒葡萄干，常常是救我们于末途的仙丹。而老马的节俭只限于自己，对我，对她的亲人和朋友，老马恨不得把每一口好吃的都扒在我们碗里。

那年我和老马背包去沧源，从翁丁部落回到葫芦小镇，我特别想尝尝街边的米粉。老马执意不要，我就没再勉强，我要了一碗炒米粉，其间诱惑老马来两口，老马一直推让不要。最后因为麻辣味太重和油腻，我只吃了三分之一，付完账折头时发现老马拿起筷子一边吃一边说我浪费，鼻子一酸，想起小的时候，父亲就是这样吃我的碗底子。

老马有时候像我妈，有时候像我姐，有时候像我的孩子。不管怎么说，老马都是我的亲人。尽管很多时候我很烦这个亲人，但这个亲人还是全身心地陪在我左右。

我和老马一起去过很多地方，爬过很多山。老马一如既往爱花，我一如既往帮她拍照。老马越来越长拍照姿势，我越来越长摄影技术。上万次的配合中，我们都知道彼此要什么，不要什么。

一花一世界。每朵花有每朵花的花语，每朵花都有自己对生命对生活独特的解码，而我总是忽略了这一点，对于老马，我常常会有一种情感的绑架和强迫。以牡丹的视角来解读山茶，以山茶的视角来评判菜花。而生性如花的老马，柔软而宽厚，她从来不和我计较。

很多时候，我常常分不清是老马如花还是花像老马。当我用大光圈近距离拍花的时候，当我的眼睛不停地和花对焦的时候，我分明在镜头中看到笑容可掬的老马；当我再把镜头对着老马的时候，我分明看到了明艳艳的花。我突然发现老马和花之间有一种隐秘的汇合，每朵花迎着阳光打开的方式，就是老马的生活方式；每朵花面向世界绽放的姿态，就是老马行走于世界的姿态；每朵花承载风霜和雨露的襟怀，就是老马善良慈悲的胸怀。

其实老马就是一朵花，一朵迎春花，一朵栀子花，一朵格桑花，一朵开在每一个季节每一个地方的太阳花。这些花遍布在老马所走过的每一座城市，每一座山峰，每一条河流。

最浪漫的事

萍来宣威出差，我陪她一起去探望父母，有日子没见姨爹姨妈了，像多年没吃到姨妈煮的小锅米线，从心口到味蕾，平添多少惦念。

萍是我从初中到高中的同学。我一直称呼她的妈妈为姨妈，是因为姨妈这个称呼离妈妈近，离温暖近。有些情分情意就像当年姨妈给我煮的那碗小锅米线，始终珍藏在记忆深处。哪怕是后来春城过桥的米线，蒙自鸡汤里放菊花的米线，都会被姨妈的清汤米线比下去。那些艰难岁月中的恩赐，穿肠也过心。

我和萍到家门口的时候，姨妈正用弱小的身躯艰难地把轮椅上的姨爹推进门，搀扶他到沙发上，再用几个靠垫加塞在姨爹腰部周围。姨妈半抱着姨爹，想让他坐得更舒服一些。他们脸颊对着脸颊，目光挨着目光，柔软若流水，像年轻时一样。

“我每天都推着他出去走走。”姨妈一边惊喜地和我们打招呼，一边梳理着姨爹额前的头发，像一个母亲在外人面前爱惜自己孩子的形象一样。

几年不见，姨妈满头银丝，脸上透着这个年龄的豁达与乐观，姨妈老了。姨妈不老，还能把体重七十多公斤的姨爹推出推进，抱上抱下。

姨妈是把自己一生嫁给生活的人，她和姨爹共同养育了五个儿女，儿多母苦。农转非之后，除了超龄的大哥留在老家，其余四个孩子都随姨妈进城。四个孩子要吃饭要上学，单靠姨爹那点儿微薄的工资难以支撑家用。勤劳的姨妈一边操持家务，照顾老人孩子，一边在街边支起小锅米线的摊子，起早贪黑，脚不沾地。姨妈手艺好，生意自然好，从几个人的口口相传到一条街、几条街的认同，再到成为一座城市的食物地标。

姨爹下班就过来帮忙，天道酬勤，老天总会给那些愿意自助的人以帮助，日子就在姨爹姨妈齐心齐力的打理中慢慢过起来，好起来。姨妈从米线西施到米线西施的妈妈，岁月见证着姨妈一家子的手艺传承。

姐姐接力了姨妈的手艺，成了这座小城又一个食物地标。淘气的小妹也打拼出了自己的一片天地，孩子们在一天天长大，渐渐也都有了自己的工作和家庭。眼看操劳一辈子的姨爹姨妈儿孙绕膝，终于可以安享晚年的时候，姨爹却病了。

姨爹做了脑手术之后，大脑硬盘上所有的美好和不易都从记忆中删除了，他整天目光平静地看着远方，似乎周围的一切都与他无关。偶尔他会记起一些曾经熟悉的人和事，比如我今天的突然到来，比如我站在他面前。当姨爹含混而艰难地叫出我的名字时，姨妈和萍都很意外，姨妈说很多时候姨爹连她都记不住，对着她叫萍的名字，或其他什么人的名字。

“红瑛”两个字让我泪目，几乎不再说话的姨爹从牙缝儿里挤出这两个字要花很长的时间。我的心在温暖地疼，姨爹的记忆留在时间深处的某个节点，他在那儿等我，等我们。那儿是平静的湖面，月光的清辉洒满人间。那儿有我们的青春，青春里的笛声，姨爹演奏小提琴的声音……

那时我一直遗憾，没有萍的艺术天赋。现在我和萍一直遗憾，没有传承姨爹的小提琴技艺，倒是我们都看会了姨妈煮小锅米线的手艺。

高中三年，我三分之一的周末是在姨妈家度过。吃着姨妈煮的小锅米线，听着姨爹的琴音，穿着萍姐姐织的毛衣，毛衣和萍的一样大小，小锅米线里放一样的汤料。和萍一起做功课，一起背英语单词，盖同一条被子，把理想讲得闪闪发光。萍和她们一家，曾给予我这个乡下孩子一个城里的家。那时还没有闺蜜这种网络语，我在萍的闺房里度过多少青春时光啊！

那个知寒知暖、智慧豁达，像太阳一样照着我们的姨爹，他累了，他需要休息。天长地久的夫妇情，牵肠挂肚的舔犊心，他都一一放下，他一个人静静地在自己的时间和空间里休息。我讨厌那个叫“脑血栓”的家伙，它不但蚕食了姨爹健壮的身体，还偷走了一个艺术家的灵魂，它嫉妒那些有才气的人。

看着一大摞的尿片和屎布，上面是姨妈或粗糙或细密的针针线线，我建议姨妈用纸尿片少些辛劳，姨妈担心姨爹不习惯或不舒适，每天尿了脏了都一一浆洗。我无法想象姨妈是怎么用她五十公斤的体重把七十公斤的姨爹移至卫生间，用布条把姨爹固定在卫生间的凳子上给他洗澡。要完成超出体力的这一系列动作，姨妈得用多少个时日才能不摔跤不滑倒，才能和意识模糊的姨爹达成和谐。

多少个日日夜夜，为让冷暖疼痛都无从感知的姨爹睡得安稳踏实，姨妈用她的双手把春夏秋冬抹洗得干干净净。我和萍说得找个护工来帮衬着，不是怕姨妈辛苦，是怕这么大年岁的两个老人有个闪失。萍说四年前找过，姨爹因为病痛，因为手术疼痛，因为无法承受的突然，暴躁地赶走了一个护工。后来再换一个，人家不愿意，姨爹也不适应。姨妈一再和我说，你姨爹是多么骄傲的一个人哪，要不是这病，唉……

姨妈容不得别人嫌弃的目光落在姨爹身上，包括他自己的儿女。在姨妈看来，比安全更重要的是尊严，哪怕姨爹从肌体到意识都体会不到，姨妈也要护着。

姨妈就这样拽起一把把细碎的日子，承担承受着。或许，姨妈是幸福的。“我以一个女人的重量轻轻将你抱起，我除了尊你为兄，我还揽你入怀，我似乎一直在等这一刻的到来，在你需要我的时候。”这是我从一首爱情诗歌里读到的句子。

彩打来电话，说好久没和萍相见，约我们一起去姨妈家旁边的简餐厅坐坐。临走，我深知萍的牵挂和不舍，萍说久病床前无孝子啊，遗憾自己做得太少，父母给予得太多。也是工作忙，也是离家远，其实什么都不是，是姨妈一直把一家人的责任扛在自己肩上。一辈子，姨妈都在体谅儿女，顾着丈夫。

“我能想到最浪漫的事，就是和你一起慢慢变老，一路上收藏点点滴滴的欢笑，留到以后坐着摇椅慢慢聊。我能想到最浪漫的事，就是和你一起慢慢变老，直到老得哪儿也去不了，你还依然把我当成手心里的宝……”这首老歌在简餐厅静静流淌。音乐是在用时间流逝的方式告诉我们什么是浪漫，而姨妈是在用岁月递增的旋律诠释着什么是爱情。

夕阳带着温暖和从容，把最后一缕光洒向人间，姨妈的话一直在我耳旁回响："刮南风的时候我推着他往北走，刮北风的时候我推着他往南走。"七十多岁的姨妈推着七十多岁的姨爹迎着南风、背着北风，穿梭在这座城市每一个温暖的角落。他们静静地走着，轻轻地说着这人世间最浪漫的情话。

草木间的一段故事

那是一个深秋的午后，多年未见的朋友从外地来小城出差，电话相约一叙。待我从乡下赶至城里，朋友却急于公务走了。几步之差，千里之隔。

按她微信里的地址去取她带给我的特产，折身时在街口转角处看见一家茶店，名字很特别，叫“哎冷茶韵”。

我信步走了进去，在一个靠窗的茶台边落座。此时阳光刚好照进房间，一点一点在窗帘、茶台上漾开，一束紫色的勿忘我从陶罐里随意垂落，青花瓷茶盏在光影中冒着热气，似有似无的茶香在鼻息间聚散……

泡茶的女孩儿微微抬头看了我一眼，没有刻意招徕。两只手在层香迭溢的茶韵间出落，一招一式彰显着娴熟的技艺。喜欢她眉头低垂专注看茶的瞬间，喜欢她把一杯杯茶汤递到客人面前，微笑着示意“你吃茶”。

姑娘用开水认真冲洗了一只品茗杯置于我面前的茶台，茶汤入杯，汤色透亮，玛瑙生韵。入口那一瞬，陈、厚、糯、润、滑这几个字由感官一下传递到大脑。

“普洱生茶，十五个年份以上。”我把杯子放回茶台，望向姑娘。

“2003年景迈山古树。”姑娘回。

这款茶一下唤醒了我对另一款茶的追忆。记得那是十八年前随同学一家去西双版纳考察橡胶林，从山上下来随他们几个爱茶人在普洱小镇上闲逛，我们接连品鉴了十几家茶店。每一款茶上来，他们都热议着这款茶出自哪个山头，古树的大小，存储年份，汤色，口感，韵味。

出店，进店，我被迫跟着他们又走进了一个叫“景迈山”的茶庄。茶到第三泡，同行的司机李哥咂嘴：“绵软糯滑，味醇韵厚，好茶！”感觉他不是在喝茶，而是在吮吸，像婴儿贪婪地吮吸乳汁，每吮吸一声都撩拨着在场的每一个人。

几乎不喝茶的我也忍不住轻啜了一小口，接着一大口，一杯，两杯……我没有他们那么多的感官享受，唯一感受到的是味蕾与胃都不再拒接的熨帖，苦涩和难咽没有了。这不同于我之前喝过的其他茶。

也就是那天，我才知道脾胃寒凉的我不适合喝绿茶，而我之前喝过的大部分都是绿茶。那晚他们给我科普了很多关于茶的知识，云南茶分为绿茶、红茶、普洱茶，普洱还有生熟之分……

因了这款二十年的景迈山普洱生茶，我喝了人生中第一杯启蒙茶，从此爱上普洱。在爱上普洱的这十八个年头，我喝过不同山上的茶，但一直没喝过如那年一样口感的老茶。

听着龚一的古琴《忆故人》，凝视午后阳光在透明拉窗上描绘树叶的影子，回忆着十八年前的那款景迈山，回味着十八年后的这款景迈山，同学依稀站在景迈山山顶，我们一起指点江山，激扬文字。陪我喝茶的同学走了，她离世后再没有人与我聊过茶。

有一种情，因茶而生。想看看刚刚喝的这款景迈山，遂问姑娘要了茶饼来。

熟茶！

“你确定刚刚冲泡的是这款茶吗？”姑娘郑重地点头，随即又给我续了一杯。

“这款茶来自莽苍秘境景迈山，是老家野生古树，当年做了十四片熟茶，前年腾仓库时盘出。”

意外！

意外的不是遇此茶，是用古树压熟饼。通常，茶商们多数都以台地茶来做熟茶，用古树来做的少，一是价格贵，二是外形不好看。古树采摘都是一茎四叶的，除去黄叶，经过渥堆发酵后叶子相连的茎都跑出来，外形不好看不说，而且很多喝茶人是不喝熟茶的。

“这款茶是那年哥哥进山寻崖蜜给婆婆入药，山中迷路误入莽苍，得此野生古树茶，量少。加之当年春茶制作已毕，舍不得丢弃，渥堆发酵后压成熟饼。用古树茶压熟饼，一般的茶商不会冒这个险，熟茶讲究的是茶艺师的制作工艺，拼配技术。”姑娘为此和我说起景迈山，说起她的哥嫂一家在景迈山种茶、制茶、开茶店的事。

我又认真喝了一口，除了厚度、口感、余津、气蕴、力道，还觉出了微蜜之香。就像当年那款景迈山陈普，同行的李哥就认定古树旁边一定有崖蜂，五里之内必有兰花一样。

有一种相逢，叫久别重逢。

慢啜细品，细腻绵滑，滋味醇厚，喉韵绵延……茶逢知己千杯不够。

姑娘另换了一款景迈山2010年生普。前两泡苦味重，三泡后茶味慢慢铺陈，丰富的层次感在递进中逐渐展现，堆砌成非常清洌的山野香，接着舌头中后部生津，茶味渐渐从喉部延伸到整个口腔。

姑娘接着又给我尝了她家明前的景迈山，汤色清亮，入口苦，但苦涩味化得快，在口腔上颚至舌底、喉部一带已明显转化为甘，茶性强，有厚度和刚度，茶香和茶汤的饱满度，还有待时间的加持。

在“班章为王，冰岛为后”的普洱茶行里，所谓的上品、极品，还有很多鱼目混珠的拼配，或为炒作或为虚名，市场因价格将茶质神化。茶本就草木，从神农尝百草时开始，茶就是长在此地与彼地的苦药，苦是茶的本性，药是茶的作用。药用价值与地块、树龄、制作、陈化、年份无关，只与口感有关。喝茶是一种情致，一种心境，茶好与不好，在茶，在茶之外。

那天，我们喝了很久，聊了很多。茶汤滑落肺腑，天籁拨动心音，我便知道，来对了地方。

我相信这个世界上是有眼缘、茶缘、人缘之说的。在浩若繁星的茶场、茶厂、茶庄、茶商那里，你能找到一款适合你的茶，是缘也是幸。

每一个爱上普洱茶的人，喝久了都会有一个心理仓贮，一旦建立，它会让一个豁达大度的人变得很矫情，那种排他的不认可度让你不能随意。错喝一口，都像是对不起潜在的感官系统，不但味蕾，全身心都在抱怨。会喝，是一种粗浅的尝试，懂喝，在时间里慢慢加持，养藏，就是到达境界的深远了。

在喜欢普洱这十八年里，我盲从藏下的很多茶可能只是数字和年份，所以我现在买茶就很理性。在茶量、水质、热度、泡壶不变的情况下，茶不能入口，就只能在质地、年份、发酵、陈化、保存上找原因。而这些比较中，我认为茶的品质是顶顶关键的，藏多少年，怎么藏，只是一种辅助。

有一种相遇，叫不期而遇。

此时阳光随时间慢慢移动到泡茶姑娘身上，她娴静坐着的样子，像一朵莲。

挑选几件称意的茶具，是爱茶人一辈子都难以拒绝的缘分。拾几枚茶盏杯具珍藏，是爱茶人一生的喜好，我更是有过之而无不及。眼睛似乎是忙不过来，却又定在一处很难转身，拿在手上左右掂量，顾此而不想失彼。最后挑了三只主人单杯，一只是汝窑，一只是建盏，一只是柴烧。

临走，姑娘给我包了几泡当年的班章和冰岛，我拒绝了。我本想带走的还是那款景迈山，但我不敢询问价格，快二十年的孤品，我怕价格超出自己能力范围而尴尬。正踌躇时，姑娘从里间拿了一片出来："看你喜欢，带一片回去。"

我问及价格，她摇手："没有价格，是你有缘遇上。"

一茶一世界，一叶一菩提。此后经年，红尘深处，小城往北，我常去一个叫"哎冷茶韵"的地方。为寻一只杯，为找一款茶，或者不为什么，就想去坐坐。

花茶遇的是诗，绿茶约的是词，红茶邂逅散文，而我和"哎冷茶韵”，如普洱，是小说，有年份可鉴，在草木之间章回续篇。

或许，这只是一段故事，没有地久天长，没有一生一世。不问前尘，不说后世，只珍惜一盏茶的时光。从窦绿初春到素裹秋霜，从清晨日暮到夜晚星灯，一杯粗茶，一段时光，带引我回到那山川草木之中，听风声穿过千年古树，茶汤洗涤疲惫铅华，让我在薄凉与温润的岁月里安暖。

在一座小城栖居久了，去哪儿吃饭，到哪儿喝茶，跟谁一起，都有一个向度。不是哪儿不好，不是哪儿更好，不是非要和谁一起。更多的时候，与吃饭无关，与喝茶也无关。就想约那么几个人，去那么几个地方。

一餐饭，一杯茶，一段缘。看似平常简单，其实和谁相遇，什么时候相遇，每一次都是老天最认真的安排。

生命有无限可能（后记）

1

诗和远方是这些年来被人们推崇又被人们用坏的一个词。我对它的理解是一种生活的情致，任何人都可以有诗和远方。远方可以是疆域以外的远方，远方也可以是近处，天空、大地、云朵、文字，太阳又升起来，每一天都是新的。

这些年，我走过一些地方，到过一些国家，慢慢发现，艺术、音乐、文学是没有国界的。那些在异域遇见的人，与我之前想象的不一样。在去往神山圣湖的每一条路上，我经常目睹磕着等身长头虔诚跪拜的身影，他们四肢溃烂，面额血红破裂，眼里却充溢着宁和而确凿的幸福之光……那苍茫沉寂的大地，辽阔高远的山川，神秘的湖泊，干净的蓝天白云，那些融入生命与生活的信仰，当地人的纯朴与善良，以及他们对自然万物的敬畏，正是这些生生不息坚韧存在的东西，让我看到了众生的高度、思想、光辉和雨露，它们令我葆有希望。

在尼泊尔的杜巴广场，在印尼，在非洲乞力马扎罗山下，信仰和希望一次一次将我带回到那远古的文明和旷世的大自然，那里的山水、树木、兽类与人群，引领我从一个世界到另一个世界。过去一些仅仅存在于地图上的远方，对我而言有了不同寻常的意义。我一次次去向世界的某一个地方，从一座雪山到另一座雪山，直到我登上了非洲屋脊乞力马扎罗。

在河流和山川上行走，我看见一株草长高的速度，一朵花开的声音，它们在点燃希望制造绚烂，那是突破黑暗接近曙光的出口。我看到了生命的高度，信仰的力量，人性的光芒，活着的意义。那一条条路，成了我找寻人生道路以及它所包含的生命意义的重要方式，那是我返乡的归途。同行一路，有人给我一口干粮，有人给我一个鼓励的眼神，有人给我一段旅程。而有的人，给我一种理念，一种通向无限远方的可能，拓展了我之前所有的认知维度。

是的，我不是翻越了哪座山，征服了哪条河，迈过了哪道坎儿，而是走着走着，明白了自己是谁，从哪儿来，要到哪儿去，这是我和山川草木一一相认的过程。他乡，故乡，精神的原乡，启示或答案都在路上。这个世界很多有意思的事情我都不知道，我知道得越多，未知就越多。世界越走越大，我越来越小，人类何其渺小。万物越来越高，我越来越低，如平坦开阔的大地，如大地上匍匐的蝼蚁。

我始终在路上，在行走，在奔跑，在种地。

我甚至觉得运动是我灵感、灵魂复活的载体，常常在跑步与徒步之时，节律和韵律之间，唤醒了很多美好而美妙的存在。那是死去的细胞在复活，困顿的思维在打开。

时间会馈赠，时间会检验，时间会清算，时间会治愈，我信仰时间的公平与公正。如今我的身体里，藏着我爬过的山走过的路，它让我像一棵树一样生动地活在世上。更多的时候，我是在享受路上的孤独。荒野的心灵开满了鲜花，人生最好的境界，就是这种丰富和安静。

徒步，成了我生命的出口。我常常为攒一条国际长线的团费，要用两年甚至四年、五年的时间，只要你足够爱。每一个平凡人都可以拥有自己的星辰大海。我们这一代人是有理想的，理想在人生的每一个阶段都不尽相同。我认为，理想、诗和远方，应该是同义词。

2

2019 年 7 月 20 日，我随大学生志愿团去了祖国边疆一个叫奎屯的小学。我和我的队友，在这里陪奎屯小学的孩子们度过生命中最平凡的二十一天。

我有幸被破格录取。

记得在接受守望者和志愿团队层层级级的面试中，每一个面试官都在问我同样的问题："你为什么要去支教？"一个五十岁的在职人员，利用自己的轮休假、干休假自费支教。目前支教的只有二十几岁的在校大学生，他们好奇，我要么有高尚的理想，要么有更深刻的理由。

而事实上，我只有一种情结，一个老师脱离讲台三十年来无法释怀的情结。那年，因为调动工作，我离开了当班主任的班级。那个班的孩子们，每周逃学翻山越岭来新的工作单位找我，我一次一次把他们送回学校，他们还是一次一次再来。三个月后，这个班被分到了其他三个班。这期间，学校给这个班换了两任班主任，同时派很多老师去做他们的思想工作，在所有努力都徒劳之后，考虑到这样下去不但平复不了孩子们的情绪，同时还会引起其他三个班学生的思想波动，最后不得不用这样的方式来解决问题。

从此，我的生命里缺一堂课，一间教室，五十四个学生。

这痛，只有我和我的学生知道。这内疚，如负债，并随岁月不停地在加息。

退休之后我会继续去新疆、去甘肃、去内蒙古、去贵州，也包括自己的家乡云南，支教半年。去倾听、去启蒙、去诱导，去为他们寻找一个与世界对接的点。我会尊重每一个孩子，也会引导他们突破地域的局限性。我想把自己有限的能量全部给予那些需要我的孩子，同时我也希望从他们身上汲取不同的养分。

我希望因为我来过，因为我做过他们的老师和朋友，他们的人生会开启崭新的一扇窗。我要让他们看到更广阔的天地，看到这间教室与清华北大的距离。让他们明白五星红旗的含义，让他们更加热爱脚下这片土地——这是我一直以来的愿景。

3

我的单位在乡下，可以拥有一亩三分地的闲时。从开生荒到种熟地，从挑大粪到把每一颗种子变成青苗，再到成为碗里的餐食。除了原生态之美味，还有晨起黄昏时看着它们破土、拔节、生长之趣，这是我最大的快乐，也是我最有成就感的事。

我每天在朋友圈记录生活的轨迹，分享走过的足迹。这里有简单的生活态度，有直白的心情表达，也有对盐巴咸淡的思索，对生活与活着的思考。我不断地用文字、用镜头来表达我对生活的热爱。我甚至会发自肺腑地说一句：“突然爱死了这生活。”这句话下面是我菜地里一掐就出水的绿油油的黄瓜和豆角，还有那些生菜、白菜、辣椒，此时我都能听到它们拔节的声音。

读书是我生活中的一部分，书籍是我生命中不可或缺的部分。我想，好的文字对每一个人来说都是一种加持，不管你写不写文字。我写过一些文字，发表过也获过奖。我一直认为，我最好的文字永远在下一篇。因为我一直走在学习的路上，因为我爱上了这条路。

在山人那里，我是懂文字的；在文人面前，我是会摄影的；在摄影者那里，我是会做饭的；在厨师那儿，我是知道如何教书育人的；在教育者那里，我就是种地的，我不但种地还坚持每天跑五公里；在跑马拉松的人面前，我又是精通茶艺茶道的……生命有无限的可能，我的生活是从女儿上大学之后开始的。

灵魂睡着是冰，让世界冰冷而自我僵化；醒着是水，润万物而生奇迹。不管你以什么样的方式活着，人生或得、或失、或喜、或悲，要紧的是心中的那一泓清泉不能没有月辉。

“如果生命可以从来，我将重新来过。”很多人这样感慨，留下遗憾。不管你说这话的时候是四十岁，五十岁，六十岁，或者已经退休，我都想对你说，生活其实才刚刚开始。

宁红瑛

2019 年 2 月